Luise Krammer

Das Licht im Froschteich

Modernes Märchen, auch großen Kindern gewidmet

Helios

Alle Zeichnungen (Inhalt) aus der Hand der Autorin
Titelseite: Rudolf Schulz, Greiz
Gemälde: „Ländliche Idylle bei Künsdorf"

Die Rechtschreibung erfolgte nach der Grundlage der alten
Rechtschreibregeln und wurde sorgfältig überprüft.

Gesamtherstellung
Helios Verlags- und Buchvertriebsgesellschaft
Postfach 39 01 12, 52039 Aachen
Tel.: (02 41) 55 54 26; Fax: (02 41) 55 84 93
eMail: Helios-Verlag@t-online.de
Bitte fordern Sie beim Verlag aktuelle Informationen zu lieferbaren Titeln an.

Printed in Belgium

ISBN 3-933608-68-6

Inhalt

Vorwort

Märchen haben zu allen Zeiten Menschen besonders angesprochen und der Phantasie Flügel verliehen.

Die von Märchen ausgehende Faszination war früher vielleicht noch stärker als heute im Medienzeitalter, wo rund um die Uhr eine Vielzahl von Fernsehprogrammen Unterhaltung bietet, der Phantasie aber wenig Raum lässt.

Neben dem Unterhaltungswert haben Märchen immer auch eine moralische Grundaussage beinhaltet, bei der in der Regel das Gute über das Böse triumphiert, wobei gut und böse, anders als im täglichen Leben, klar zu unterscheiden und abzugrenzen sind. Dies ermöglicht eine Identifikation der Leserin/des Lesers mit den positiven Figuren der Märchen und verstärkt damit eine positive Grundhaltung zu gesellschaftspolitischen Fragestellungen.

Da das Gute erst nach der Überwindung von Schwierigkeiten oder nach Auseinandersetzungen die Überhand über das Böse gewinnt, wird durch die Identifikation mit den positiven Figuren die eigene Persönlichkeit gestärkt.

Die in unserer Stadt lebende Autorin dieses Buches hat sich die Aufgabe gestellt, die alte Tradition des Erzählens von Märchen aufzugreifen. Dabei wurden die Themen und Handlungen unter Einbeziehung von Phantasie und Fabelwesen der Gegenwart angepasst.

Die heutigen Fragen des Umweltschutzes, des Klimaschutzes, der Verschmutzung von Luft, Wasser und Boden und ganz aktuell der Gentechnik werden angesprochen und die damit im Zusammenhang stehenden Probleme über die Figuren und Handlungen der Märchen verdeutlicht.

Mögen die Leserinnen und Leser Freude an den Geschichten finden und über die Erzählungen ein verstärktes Bewusstsein für die Notwendigkeit einer umweltbewussten und nachhaltigen Nutzung unserer Erde entwickeln.

Heinz-Willi Schwamborn
Bürgermeister der Stadt Overath

Pressestimmen

zum ersten Buch der Autorin (Glühwürmchen in der Nacht):
„Gerade der jüngeren Generation bietet das Buch hervorragenden Einblcik in die jüngere Geschichte, die eine gebürtige Bleialferin wieder aufleben lässt.“

Eifel Journal vom 20.09.2001

„Luise Krammer hat in ihrem Erstlingswerk eine Reihe interessanter Geschichten aus Bleialf und Umgebung festgehalten. Nach einer Lesung entfaltete sich ein angeregtes Gespräch zwischen Autorin und ehemaligem Nachbarskind, E.K., der die Eindrücke der Verfasserin nur bestätigen konnte.“

Trierischer Volksfreund,
Ausgabe vom 20.09.2001, Seite 15

„Westwallbau, Ardennenoffensive und die Zeit nach dem Krieg werden wieder wach. Dörfliche Originale, einschl. Lehrer und Geistliche, kommen nicht zu kurz.“

Prümer Landbote,
Ausgabe September 2001

„Von ganzem Herzen gratuliere ich Ihnen zu diesem Werk und insbesondere zu der gelungenen Gratwanderung zwischen Brutalität des Krieges und dem Leichtmut der Jugend.“

Konrad Kels, Düsseldorf vom 8.12.2001

zum zweiten Buch der Autorin (Glühwürmchen in der Nacht):
„Vieles bietet Diskussionsstoff für Schüler, Eltern, Geistliche oder Gruppengespräche.“

Trierischer Volksfreund, Winter 2002

„Umweltfrevel durch Pestizide, Massentierhaltung und einer Wohlstandsgesellschaft ohne Leitbilder – an alte Zeiten erinnern und Paralellen ziehen – so Luise Krammer beim Interview.“

Kölner Stadtanzeiger, Ausgabe Berg. Land, September 2002

Seltsame Ereignisse und das grasgrüne Männchen

Unterhalb der Wiese, wo sich ein winziger Bach schlängelte und das Schilf leise im Winde säuselte, war eine kleine Ausbuchtung – mit Wasser gefüllt –. Dort bewegten sich die Kaulquappen – dick und gefräßig – jeden Bissen verschlingend der sich ihnen bot. Es waren ihrer so viele, daß man sie kaum zählen konnte.

Die Dämmerung warf bereits ihre tiefen Schatten über den nahegelegenen Froschteich, in dem grüne, fette Frösche ihr abendliches Konzert anstimmten. Im Schilf leuchtete von Zeit zu Zeit ein gespenstisches Licht auf – helle Stimmen erklangen im Wechsel – mal volltönend und anschwellend, dann wieder zum kaum hörbaren Flüstern verebbend.

Carmen und Thilo – im Grase sitzend – lauschten gespannt, nicht achtend der sinkenden Abendsonne, die sich majestätisch hinter den baumbestandenen Hängen der Berge, am Horizont verkroch – und ihr prächtiges Farbenspiel über die Waldgipfel warf. Ihre blauen und violetten Strahlen verfärbten sich grün und rot und entfalteten sich in ihrer vollen Schönheit. Gebannt schauten sie diesem Schauspiel zu. Am Fuß der Anhöhen sprang lustig eine kleine Quelle hinab. Ihr Wasser speiste die mit Gras und bunten Blumen bewachsenen Wiesen, die mit Strauchwerk und Disteln, allerorts eingezäunt waren. Wo der Boden etwas karger war, breitete sich an verschiedenen Stellen ein grüner Moosteppich aus, dessen winzige kleine weiße Blüten einen wunderbaren Kontrast boten. Aus dem nahen Wald war der langgezogene Schrei – vielleicht eines Käuzchens – zu vernehmen. „Oder konnte es vielleicht sein, daß es ein Warnschrei war?“ Wie von Geisterhand gelenkt, bewegte sich ein seltsames Schilflicht der Wiese zu. Die Kinder hielten den Atem an, fassten sich an den Händen und waren von einer einzigartigen Faszination ergriffen, bis das Licht urplötzlich erlosch. So schnell ihre Füße sie trugen, eilten sie voller Panik in den sicheren Schutz ihres Elternhauses.

Tags darauf trieb die Neugier sie wieder an den gleichen Platz. Kein Lüftchen bewegte sich, es lag ein Hauch von Frühling über dem Tal und kein Laut war zu vernehmen. Nur ringsum Stille, ja, fast unheimlich, denn selbst das Quaken der Frösche war verstummt. Die Kaulquappen saßen regungslos im Wasser, so, als hielten sie den Atem an. Gespannt verharrten die Kinder dort – sich kaum bewegend – hoffend und fürchtend zugleich in Erwartung dessen, was dieser Tag an Überraschungen für sie wohl bereit hielt. Sie konnten das Gefühl nicht los werden, eine geheimnisvolle Welt betreten zu haben – etwas, was ihnen Angst machte, was sie nicht einordnen konnten, was fremd für sie war.

Carmen und Thilo

Diese Stille war unheimlich. So verkrochen sie sich hinter eine nahegelegene Hecke, harrten dort eine Weile fast regungslos aus. Dann, wie von Geisterhand geführt, kamen eilige, tappende Schritte, ein Schein, gespenstisch und unnatürlich hell irrte von Stein zu Stein, sprang über Hecken und Gesträuch, bis er sich urplötzlich verlor. Die tappenden Schritte nahmen an Geschwindigkeit zu, bis sie schließlich nur noch ganz leise aus der Ferne zu vernehmen waren. Panik ergriff die Kinder, sie klammerten sich nur noch hilflos aneinander, gaben aber keinen Laut von sich aus Furcht, entdeckt zu werden. Nach endlosem Warten, nachdem keinerlei Geräusche mehr zu vernehmen waren, schlichen sie auf leisen Sohlen aus ihrem Versteck, rannten dann schließlich wie von Furien gehetzt zurück in ihre Kammer, wo sie lange nicht einschlafen konnten, denn allzuviel war ja auch auf sie eingestürmt, doch ihren Schlaf brauchten sie, denn wer wußte schon, was an Überraschungen anderentags auf sie zukam und ob ihre Eltern ihnen nicht irgendwelche Aufgaben übertragen würden? Weil aber nirgends ein Zettel mit einem solchen Hinweis zu finden war, konnten sie ja wieder mit gutem Gewissen neue Pläne schmieden. Sie hatten gar oft sehr spontane Einfälle, deshalb zerbrachen sie sich auch jetzt nicht ihre Köpfe; die Nacht war lang und alles hatte doch Zeit bis zum frühen Morgen. Vielleicht träumten sie ja auch etwas Schönes, vielleicht von einem Äffchen, oder etwas, was ihnen hilfreich sein konnte. Alle Angst fiel von ihnen ab, auch waren sie nun hundemüde, denn frische Luft und Bewegung hatten dazu bei-

getragen, daß sie nun doch recht schläfrig wurden. Nur wenige Augenblicke brauchten sie daher, ein kurzes Gähnen und ein leises Schnarchen war nur noch zu vernehmen. Doch unruhig war ihr Schlaf, den Thilo träumte von zwei Negerkindern, die von einem wilden Tier verfolgt wurden und Carmen träumte von einem Elefanten, der ihr über den Weg lief.

Die Neugier gab ihnen anderentags auch keine Ruhe. Dieses Mal setzten sie sich mutig an den Froschteich, wo sie auch noch verharrten, als die Abendsonne glutrot hinter den Bergen versank, die eine fast majestätische Silhouette bildeten. Die sommerabendliche Stille die über dem Land lag war angenehm, der Wind fächelte ihnen etwas Kühlung zu und während die Sonne ihre letzten Strahlen auf die Erde warf, horchten sie in die Stille hinein und ahnten insgeheim, daß ihnen ein weiteres Abenteuer bevorstand. Oder was war das für ein Raunen und Wispern im Schilf was sie vernahmen? Dann sahen sie es fast gleichzeitig:

„Ein Männchen mit einem schwarzgrünen Kopf, einer Warze auf der grünen Nase und dessen spindeldürre Arme fast den Boden erreichten. Aus den Augen und aus dem Nabel sprühten Blitze. Es gab seltsame Geräusche von sich und hinter ihm tauchten winzige Gestalten auf. Sie gaben Lichtsignale ins Weltall und rund um sich. Den Kindern schien es, daß hinter den Bergen, dort, wo die Sonne untergegangen war, das unheimliche und zugleich faszinierende Licht reflektierte, so, als gäbe es Antwort auf die gesandten Signale. Noch in seinem Schein – auf unerklärliche Weise benommen – taumelten die Kinder hervor. Sie vergaßen die Zeit und die Ereignisse versetzten sie in helle Aufregung.

Das schwarzgrüne Männchen

Die Kraft des funkelnden Steines

Wie sie nach Hause gekommen waren, konnten sie sich später nicht erklären, doch als sie frühmorgens – fast gleichzeitig und ausgeruht erwachten – lag ein funkelnder, in allen möglichen Farben sprühender Stein neben ihrem Bett. Er leuchtete und als die Kinder ihn zaghaft berührten, blitzte es rundherum und strahlte Wärme aus. Sie ahnten insgeheim, daß dieser Stein mir ihren vorangegangenen Erlebnissen in Verbindung stehen mußte. Und seltsamerweise empfanden sie kaum mehr Furcht. Jeden Tag nun zogen sie los, den Stein immer mitnehmend und sorgsam hütend. Um sie herum war ein Leuchten und Funkeln. Es erfaßte sie ein unendliches Glücksgefühl, was nicht zu beschreiben war. Selbst die Kaulquappen und Frösche im Tümpel schienen zu neuem Leben erwacht. Carmen und Thilo waren davon überzeugt, daß es eine besondere Bewandtnis mit diesem Stein haben mußte. Plötzlich war es wieder da, dies Männchen mit den winzigen Gestalten, so, als ob sie ihnen den Weg weisen wollten in eine Welt von Helle, Licht und Wärme. Sie folgten völlig furchtlos diesen Wesen, die sie nicht einordnen konnten, doch sie waren voller Vertrauen, weil eine Faszination von ihnen ausging, die sie sich beim besten Willen nicht erklären konnten.

Die trappelnden Schritte entfernten sich immer mehr, so daß sie ihnen kaum folgen konnten, doch ihnen schien es, daß sich ihre Körper fast schwerelos bewegten. Sie verspürten keinerlei Müdigkeit und berührten sie nur vorsichtig ihren Stein, überkam sie eine mollige Wärme und ein bisher nie gekanntes Glücksgefühl. Sie fühlten sich auf unerklärliche Weise geborgen und getragen. So folgten sie diesen fremden Wesen und ohne daß sie es gewahrten, mußten sie den Heimweg wieder angetreten haben, denn als sie frühmorgens erwachten und die Sonne lachend durchs Fenster schien, lagen sie zufrieden und ausgeschlafen in ihren Betten. Der Stein funkelte und funkelte in ihrem Zimmer und schien sie zu neuen Abenteuern einzuladen. Ihre Eltern –

von morgens bis abends im Streß – bemerkten nicht die Veränderung an ihren Kindern. Sie waren es zufrieden, so wie es scheinbar war, denn artig waren die beiden ja und nervten keineswegs, auch verstanden sie sich gut miteinander. Auch den sorgsam gehüteten Stein hatten die Eltern bisher nicht entdeckt – denn hätten sie ihn auch nur einmal berührt – wäre ihnen doch einiges seltsam erschienen. So fiel es ihnen auch nicht auf, daß ihre Kinder in einer Welt aufgingen, die in einer Weise fremd und unerklärlich war. Jeden Tag nun folgten die beiden dem Männchen mit seinem Gefolge ein Stück weiter – bis sie schließlich hinter den Bergen – in einem riesengroßen Stollen verschwanden. Carmen und Thilo zögerten noch ihnen dorthin zu folgen, denn eine gewisse Vorsicht hielt sie davon ab, denn was mochte sich wohl da verbergen? Doch die Neugier trieb sie immer wieder zurück an den Eingang. Carmen, die Nachdenkliche mahnte immer wieder zur Vorsicht, doch Thilo ließ keine Ruhe, sagte: „Sei unbesorgt, ich gehe nur einige Meter hinein um zu sehen, was da los ist."

Das Spinnentier mit den unheimlichen Klauen

Der bewachte Tunnel

Kaum war er im Stollen verschwunden, als Carmen einen fürchterlichen Schrei vernahm. „Thilo war in einem riesengroßen Netz gefangen. Carmen, schlotternd vor Angst, harrte in einem Versteck im Gebüsch aus – überlegend – was nun zu tun sei – und was wohl geschehen sein mag? Lange konnte sie nicht warten, denn was konnte nicht alles mit ihrem Bruder passiert sein?“

„Da, was war das?“

Ein seltsames Tier kroch aus dem Stollen. „War es eine Spinne?“ Aber nein, dazu war der Kopf viel zu schwer. Doch die vielen langen Beine... Der Kopf war schwarz mit funkelnden grünen Augen. Auf der Stirn befand sich ein drittes Auge, was starr geradeaus schaute. Als dieses Wesen sich entfernt hatte, hörte sie die flüsternde Stimme ihres Bruders: „Mach' schnell, schneide das Netz entzwei!“ Doch womit??? Da nahm sie all ihren Mut zusammen, schlich in den Stollen, lautlos, um das Netz mit ihren Zähnen zu zerreißen. Es war keine Minute zu früh, denn als beide fluchtartig den Stollen verlassen hatten – in ihrem sicheren Versteck angekommen waren –, kroch das unheimliche Tier wieder hinein. Nun waren sie sich ganz sicher. Das freundliche Männchen mit seinem Gefolge schien in allergrößter Gefahr zu sein. Wieso kam es nicht mehr aus dem Berg heraus? „Und was war der Grund, weshalb es sich überhaupt dorthin begeben hatte?“ Fragen über Fragen die niemand beantworten konnte. Voller Sorgen überlegten sie lange Zeit was nun zu tun sei, wie man ihnen helfen könnte? Schließlich kamen sie nicht daran vorbei, einen Plan auszuhecken. Einen Versuch war es auf jeden Fall wert, doch ob es klappen würde blieb dahingestellt. Doch zuvor kundschafteten sie die genauere Umgebung aus – sorgsam darauf achtend – nur ja nicht diesem gefährlichen, spinnenähnlichen Tier in die Fänge zu geraten. Zudem sollte es sich ja auch unbeobachtet wähnen. Es schien, daß dieses freundliche Männchen – dem sie inzwischen den Namen Glisse gegeben hatten – eine besondere Funktion zu erfüllen hatte, die womöglich in Verbindung mit Außerirdischen stand, oder aber, daß sich andere, seltsame Ereignisse auf der Erde anbahnten. Vielleicht bemächtigten sich höhere Wesen seiner, den Erdenbürgern ihre Anwesenheit kundzutun. Immer neugieriger und unruhiger wurden die beiden. Ihren Stein ließen sie keine Minute unbeobachtet und er war immer ihr ständiger Begleiter. Er funkelte in allen möglichen Farben und sprühte Blitze. Den Kindern schien es, daß die Wärme die er ausstrahlte, noch intensiver geworden war. Dann kam ihnen eine erlösende Idee; zunächst ganz zaghaft, doch dann nahm sie immer mehr Gestalt an. Schließlich nahm sie ganz von ihnen Besitz.

Als dieses eigenartige Tier sich ein neues Netz gewebt hatte und danach scheinbar in Schlaf gesunken war, nahmen sie den Stein, von dem so viel Wärme und Glanz ausging und richteten ihn unmittelbar auf das seltsame Wesen. Das zuckte erschreckt zusammen und verkroch sich in den hintersten Winkel seines Netzes. Dort verharrte es fast regungslos. Seine Augen hielten dem gleißenden Licht nicht stand und schlossen sich, zuckten aber wie im Schmerz. Jetzt war es höchste Zeit, weitere Überlegungen anzustellen, wie man es bewerkstelligen könnte, dieses Ungeheuer unschädlich zu machen, oder es auf listige Weise zumindest ausschalten könnte. Viel zu lange schon war Glisse mit den Kleinen im Stollen gefangen und sie fragten sich sorgenvoll, welchen weiteren Gefahren sie ausgesetzt sein könnten, oder was auch immer mit ihnen geschehen war. Erschreckt stellten die Kinder fest, daß es wieder allerhöchste Zeit war den Heimweg anzutreten, denn schon warf die Dämmerung ihre langen Schatten über das Land. Und wollten sie nicht Gefahr laufen, Hausarrest zu bekommen, rannten sie los. Am Froschteich war ein seltsames, eigenartiges Raunen und Flüstern. Zwar war von den Kindern nicht alle Angst abgefallen, doch sie waren mutiger geworden, seit sie im Besitz ihres so wertvollen, kostbaren Steines waren. Sie ahnten mittlerweile, daß sie von höheren Wesen auserkoren waren, Vermittler und Helfer zu sein, daß für diese geschundene und mißbrauchte Erde doch noch nicht alles verloren sei. Sie glaubten sich sicher zu sein, daß sie eine bestimmte Funktion zu erfüllen hätten. Ungeachtet dessen, daß ihre Freunde sie inzwischen mieden, sie wegen ihrer Geheimnistuerei links liegen ließen, gingen sie den ihnen vorgeschriebenen Weg mit einem solchen Eifer, der nur Kindern zu eigen ist. Ja, sie freuten sich geradezu darüber, denn nur so blieb ihnen alle vorhandene Zeit, sich ihrer Aufgabe zu widmen, die ihnen mittlerweile so viel bedeutete, daß alles andere an Wichtigkeit verlor.

Glisse, das seltsame Wesen

Frühmorgens, als die Eltern das Haus verlassen hatten und ihrem streßigen aufreibenden Beruf nachgingen kam das Hausmädchen – was ja auch die Kinder betreute – denn es waren ja Ferien. Ihm waren die Kinder jedoch gleichgültig. Es verrichtete die allernötigsten Hausarbeiten und war froh, dabei nicht gestört zu werden. Zwischendurch führte es ellenlange Handygespräche, benutzte zudem das hauseigene Telefon und war froh, wenn es sich auf die faule Haut legen konnte. Ab und zu tauchte auch so ein Typ auf, der wohl ein Freund von ihm war. Doch das ging sie nichts an, Hauptsache, sie konnten das Haus unbehelligt verlassen, wann immer sie wollten. Ihr Stein jedoch – der treue Wegbegleiter – funkelte und sprühte Blitze. Am Tümpel war wieder dieses seltsame Raunen und Leuchten und Wispern. Was war es nur, was sie da in Atem hielt? Sie lauschten und verhielten sich mucksmäuschenstill. „Ob noch mehr von diesen seltsamen Männchen vorhanden waren? Gab es nicht nur Glisse mit seinem Gefolge?“ Fragen über Fragen, die keiner beantworten konnte. Den Mut ließen sie trotzdem nicht sinken; sie waren zu gespannt und gefangen in ihren Erlebnissen. Als sich nichts weiter ereignete, keine Hilfe von dort zu erwarten war, die Zeit auch gar zu schnell verstrich, zogen sie los, denn sie mußten ja herausfinden, wo Glisse geblieben war.

Am Stollen war alles ruhig. Das komische Tier saß erst regungslos in seinem Netz. Carmen und Thilo richteten blitzartig den Stein auf dasselbe. Urplötzlich zuckte es zusammen und je länger das Licht aufleuchtete, umso mehr bäumte das Tier sich auf. Es zog sich immer weiter zurück, bis es plötzlich in sich zusammenfiel und eine scheußliche Fratze hinterließ, die sich allmählich aufzulösen begann. Doch, vorsichtig, wie die Kinder nun einmal waren, verharrten sie eine Weile still, ob sich nicht doch noch etwas Besonderes ereignen würde. Sie konnten auch das Gesehene nicht so schnell verarbeiten. Letztendlich kamen sie aber nicht daran vorbei, in den tiefen Stollen vorzudringen. „Hoffentlich war es für Glisse nicht schon zu spät. Was mochte ihm und den Übrigen in der Zwischenzeit geschehen sein?“ In den Felsenwänden waren Nischen, kaum zu erkennen, denn überall herrschte ja fast totale Finsternis. Da, endlich entsannen sie sich ihres funkelnden Steines, der alsdann die finsteren Ecken und Winkel erhellte. Doch je tiefer sie in den Stollen eindrangen war die Wahrscheinlichkeit, daß sich in diesem Labyrinth eine Anzahl von Gängen befinden mußten die es ihnen erschwerten, den Ausgang wieder zu finden. Wie schnell auch konnte man die Orientierung verlieren und sich verirren. Sie wagten auch nicht laut zu rufen, denn wer wußte schon, ob sich nicht noch andere, unbekannte und gefährliche Wesen dort aufhielten? Womöglich lauerte eine weitere Gefahr auf sie. Von den Wänden plätscherte Wasser und erzeugte mannigfaltige und monotone Geräusche.

Riesengroße, fledermausähnliche Tiere huschten an ihnen vorbei, so daß ihnen ein Schauer über den Rücken lief. Dann stellten sie auch noch voller Entsetzen fest, daß unheimliche Augen sie unentwegt anstarrten. Ganz geheuer war es ihnen in dieser Umgebung absolut nicht, doch sie waren sich ganz sicher, ihre Mission, oder was es auch immer war, zu Ende führen zu müssen. Sich gegenseitig Mut machend, setzten sie ihren beschwerlichen Weg fort – ungeachtet der Kälte und Nässe innerhalb des Stollens. Mal ging es abwärts, dann wieder aufwärts. Abwärts ging es ja wesentlich schneller. So verloren sie keine zeitraubenden Minuten. Plötzlich tat sich ein neuer, endloser Gang vor ihnen auf. Ein Labyrinth von eigenartigen Maueröffnungen, die sie jedoch in einem nur ganz kurzen, achtlosen Moment übersehen hatten. Sie stürzten in eine Art von Fallgrube,

Seltsame Tiere

deren Wände steil nach oben reichten. Ein modriger, fauler Gestank hüllte sie ein, daß sie von Ekel und Abscheu erfüllt waren. Ratten huschten an ihnen vorbei, deren Schwänze fast ihre Körperlänge überschritten. Piepsende Laute von sich gebend, verschwanden sie im Halbdunkel der Grube. Glücklicherweise waren Carmen und Thilo unverletzt geblieben, denn außer ein paar harmlosen Schrammen, war ihnen weiter nichts geschehen. Doch ganz benommen vor Schreck begannen sie einen Fluchtplan zu schmieden, wie sie wohl wieder aus ihrem Gefängnis entkommen könnten. Zuerst leuchteten sie mit ihrem Stein die Umgebung ab und so entging ihnen auch nicht, daß sich in der Wand winzige Ausbuchtungen befanden – die es ihnen vielleicht ermöglichten – die Wand leichtfüßig zu erklettern.

Ein Erwachsener hätte das niemals geschafft, zweifellos wäre er steckengeblieben oder aber abgerutscht. Zaghaft und fast geräuschlos machten sie den ersten Versuch, der jedoch mißlang. Nach mehreren Anläufen war es dann doch fast so weit. Doch was war mit diesen seltsam starrenden Augen? Sie bewegten sich nicht, schienen sie aber unentwegt zu beobachten. Was sie nur wollten? Rätsel über Rätsel. Sie schafften schließlich den Aufstieg unter großen Mühen und für die Kinder gab es auch mittlerweile kein Zurück mehr. Sie wollten und mußten Glisse zu Hilfe eilen, koste es was es wollte. Hoffentlich war es nicht schon zu spät, denn viel Zeit war inzwischen verlorengegangen. So schnell ihre kleinen, schmerzenden Füße sie trugen, eilten sie weiter. Urplötzlich, als sie um die Ecke einer der Gänge bogen, erblickten sie ihn. Es war kurz vor dem Ausgang des Stollens. Er machte ihnen beschwörende Zeichen, sich ruhig und besonnen zu verhalten, seine Anwesenheit keineswegs zu verraten. Was sie dann sahen, ließ ihnen das Blut in den Adern gefrieren.

Zwei riesengroße, unförmige Leiber, mit einem meterlangen Stachel über den stumpfen, triefenden und bösartig blickenden Augen, blockierten den Ausgang. Seltsamerweise konnten diese fremdartigen Wesen sich kaum fort bewegen, dienten wahrscheinlich nur dem Zweck, den Ausgang zu bewachen. Glisse hatte diese Monster rechtzeitig entdeckt und sich und die anderen in einer dunklen Ecke in Sicherheit gebracht. Welch ein Glück aber auch für sie, daß die Kinder noch rechtzeitig aufkreuzten. Allein hätten sie keine Chance gehabt, dem Unheil zu entrinnen. Sie wußten schließlich alle, daß das Böse sich in vielerlei Gestalt zeigte, allzu viele unheimlichen Mächte trieben ihr Unwesen auf dieser Erde, die einst dazu auserkoren war, Leben zu spenden und zu erhalten und nicht zu vernichten.

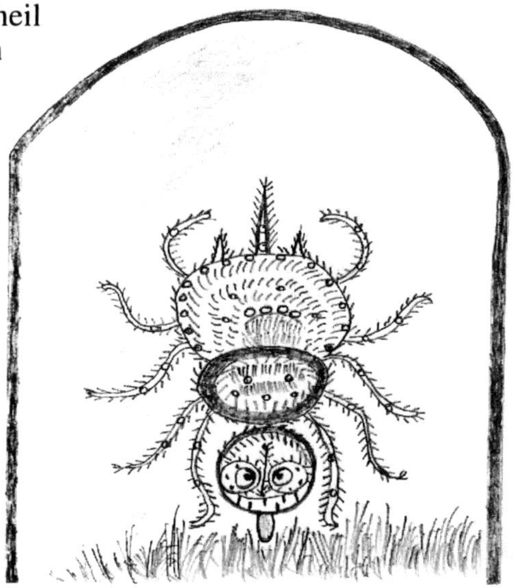

Böses Spinnentier

Die Menschheit hatte sich in ihrem Stolz und Hochmut verstiegen und mißachtete mittlerweile die Gesetze der Natur. Ohne fremde Hilfe wäre es ihr kaum mehr möglich gewesen, den Weg zu ihrem ursprünglichen Sein zu finden.

Fremde Gestalten von einem anderen Stern und der gefahrvolle Heimweg

Seit undenklichen Zeiten mußten Außerirdische und menschenfreundliche Wesen auf einem fremden Stern – oder jenseits der Berge wohnen – die in enger Beziehung zur Natur standen und von Harmonie zu ihr durchdrungen waren. Es mußte ein Einssein zwischen Kosmos und Erde bestehen. Der gute Wille, der noch im Menschen steckte und noch nicht gänzlich abhanden gekommen war durch Raffsucht, Habgier und Egoismus mußte wieder so gesteuert werden, daß er nicht gänzlich vom Zeitgeist zerstört wurde. Vielleicht schlummerte aber auch in den Menschen noch die Fähigkeit, zwar verschüttet, aber doch noch bewahrt, Nachrichten, über große Entfernungen wahrzunehmen. Zweifellos mußten die Geschicke dieser ausgebeuteten, geschundenen Erde und dieser Menschen – die sich so weit vom Guten entfernt hatten – in der Hand, einer alles überragenden Macht von oben stehen.

Die Kinder, im Innern des Berges begriffen noch nicht all diese Zusammenhänge, wußten in ihrer Verwirrtheit nicht wie sie Glisse befreien konnten und wenn, was danach kam. Sie waren verzagt ob ihres Unvermögens und ihnen war nach all den vorausgegangenen Strapazen nicht recht wohl zumute. Schweres stand ihnen noch bevor, dessen waren sie sich sicher. Doch dann geschah etwas Seltsames: „In der Öffnung des Ausgangs hub ein Singen und Klingen an; eine Lichtgestalt erschien – schöner und heller – wie sie nie zuvor etwas gesehen hatten. Diese Gestalt schien aus Hunderten von Lichtern zusammengefügt. An allen Ecken blitzte und gleißte es, so daß ihre Augen sie schmerzten. Und eigenartigerweise hatte dieses außerirdi-

Gutmütiger Zwerg

sche Wesen die Gedanken der Kinder verstanden, denn es machte ihnen Zeichen, die darauf hindeuteten, nur Vertrauen zu haben. Dann, ganz allmählich verblaßte das Bild vor ihren Augen. „War es eine Halluzination, der sie erlegen waren, oder tatsächlich eine Erscheinung?“ Ein weiteres Bild tat sich vor ihren Augen auf: Ein Gesicht erschien in der Öffnung, was einige seltsame Merkmale aufwies. Die tief mit Borsten übersäte, überaus hohe Stirn, zeugte von außerordentlicher Intelligenz. Der Mund, von bläulich, bis violetter Färbung, zog sich breit, bis zu den Ohren hin und diese wiederum hingen schlaff bis auf die Schultern herab. Das Gesicht war lieblich anzusehen.

Auch diese Erscheinung war nur für wenige Augenblicke sichtbar und dort – wo sie aufgekreuzt war – blieb ein kreisrunder Fleck, der in allen möglichen Farben Funken sprühte. Die Untiere, die nicht in der Lage waren sich vom Ausgang zu entfernen, krochen schwerfällig in eine der Ecken. Als sie sich vor-

Baummännchen

sichtig wieder auf die andere Seite begeben wollten, wurden sie von einer glühenden Lohe erfaßt und hinausgeschleudert. Nun war für alle die Gelegenheit und der Zeitpunkt gekommen, sich schleunigst aus dem Stollen zu entfernen. Das geschah bei Glisse so schnell, daß die Kinder Mühe hatten ihm zu folgen. Zweifellos handelte es sich bei der Lichterscheinung um ein Wesen aus dem All. Rätselhafte Ereignisse spielten sich ab. Nun, da die Kinder sich außerhalb des Tunnels befanden, suchten sie krampfhaft nach einem Weg, ihr Zuhause wieder zu finden. Doch das war weitaus schwieriger als sie annahmen. Beide, tief in Gedanken versunken, noch benommen von all den Schrecken und Abenteuern der vergangenen Tage, suchten sie nach einem Ausweg. Überall war unwegsames Gelände, Gestrüpp und kahle Büsche, so weit das Auge reichte. Nach endlos langem Suchen stießen sie auf einen schmalen Trampelpfad, inmitten eines kleinen Wäldchens – mit fremdartigen Bäumen – die einladend ihre Äste nach ihnen ausstreckten.

Es war erdrückend schwül, kein einziges Lüftchen bewegte sich und es befiel sie eine bleierne Müdigkeit. Weit und breit war von Glisse nichts zu sehen. Einen langen Augenblick standen sie ratlos da. Warum nur hatte er kein Zeichen hinterlassen? Sie stolperten nur noch voran, apathisch und von Verzweiflung übermannt, bis sie unter einem riesengroßen Baum, dessen Äste bis auf den Boden reichten Zuflucht suchten, ins weiche kühle Moos sanken, wo sie fast augenblicklich einschliefen.

Thilo murmelte im Schlaf und in ihren Träumen schienen die Bäume lebendig zu sein und an ihnen vorüberzugleiten. Sie waren beide regelrecht eingelullt vom Gesumm der Bienen, die um sie herumschwirrten. Als sie vollends erwachten, zogen Nebelschwaden vorbei – fast die Erde berührend – ein Lockruf eines Vogels, den sie nicht einordnen konnten war zu vernehmen und sie wußten nicht, ob der Tag sich seinem Ende zuneigte, oder aber erst begonnen hatte. Langsam zogen die vorausgegangenen Erlebnisse wie ein Film an ihnen vorbei. Ihnen stand gewiß noch eine aufregende Zeit bevor. Dann, als sie sich etwas an die fremdartige Umgebung gewöhnt hatten merkten sie, daß der Wald sich lichtete und am fernen Horizont ein Strahl erschien, von dem sie nicht wußten, ob er von der untergehenden, oder aber von der erst aufgehenden Sonne herrühren könnte, denn jeglichen Orientierungssinn hatten sie verloren. Dieses Etwas nahm immer mehr Formen an und kam näher und näher. Da begriffen sie endlich, daß es sich um ein fremdes Flugobjekt handeln mußte, denn je näher es kam stellten sie fest, daß es kreisrund und mit Lichtern versehen war. Nun bestand kein Zweifel mehr: „Es war ein Ufo!“

Ihm entstiegen mehrere Personen, die in grasgrüne Overalls gekleidet waren. Auf dem Kopf trugen sie grau weiße Helme, doch das Auffälligste an ihnen waren die nackten Füße mit drei Zehen, die nach außen hin gespreizt waren. Sie redeten in einer

Der verwunschene Baum

Außerirdische

ihnen verständlichen Sprache und sagten: „Ihr habt die Mutprobe bestanden und mit eurem guten Willen dazu beigetragen, daß wir die Erde erneuern werden!"

„Fortan helfen wir euch, sie zu schützen und zu hegen: Folgt weiterhin unseren Weisungen, denn nur in der Gemeinschaft, können wir noch etwas retten. Ermahnt alle, die noch zur Verfügung stehende Zeit zu nutzen. Euer Schaden wird es nicht sein. Wir bleiben weiterhin mit euch in Verbindung."

Das unbekannte Flugobjekt hob sich steil dem Himmel entgegen, bis es in einer Flut von leuchtenden Blitzen und einer nachfolgenden Rauchwolke ihren Blicken entschwand. Beeindruckt von all dem Unvorhergesehenen, machten sich die Kinder daran, ihren immer noch so beschwerlichen, langen Heimweg anzutreten. Sie redeten lange Zeit kein einziges Wort, mußten erst langsam die vielen Eindrücke in ihrem Innern verarbeiten. Zunächst einmal mußten sie den Wald verlassen, wo sich allerhand Getier herumtreiben konnte, wie zum Beispiel: „Schlangen, Vogelspinnen, vielleicht auch angriffslustige fliegende Ungetüme, die sich womöglich als Vögel tarnten." Der Feind konnte überall, in mannigfaltiger Gestalt lauern, denn der Kampf zwischen „Gut und Böse" hatte ja schon begonnen. „Was mochte das Schicksal nicht noch alles mit ihnen vorhaben? „Zaghaft versuchten sie, sich aus dem Wald zu entfernen.

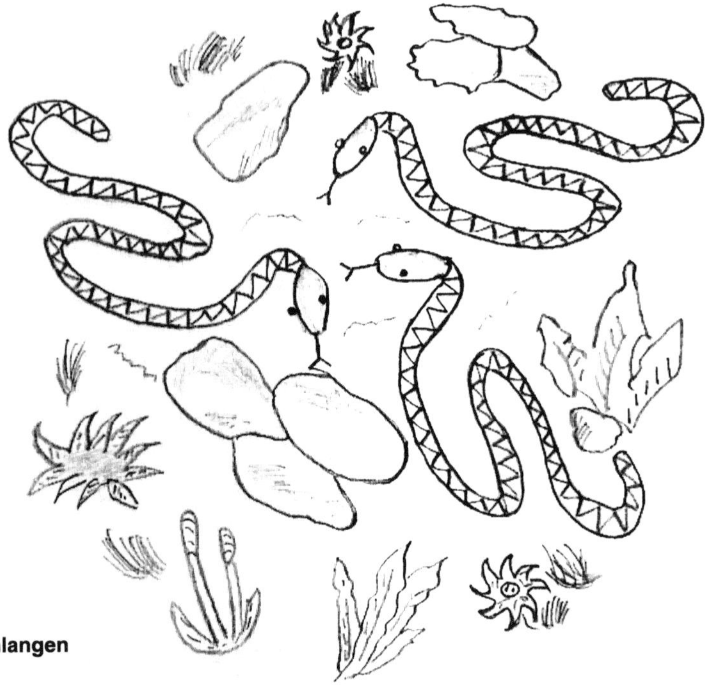

Schlangen

Doch welche Richtung mußten sie einschlagen?“ Ach, könnten sie doch nur jemanden fragen. So überlegten sie lange, einigten sich schließlich darauf, schnurstracks geradeaus zu gehen. Schließlich gelangten sie an eine flache Mulde und erstarrten fast vor Schreck. Schlangen aller Art tummelten sich dort, streckten ihre Köpfe begierig nach ihnen aus. Thilo richtete blitzartig den Stein auf sie und sie fielen in sich zusammen. Nur noch die Reste ihrer Haut waren verblieben, auch der Kopf mit den stumpfblickenden, erstarrten Augen. Diese schienen sie, obwohl schon leblos, immer noch anzuklotzen. Um sich schleunigst aus dem Gefahrenherd zu begeben, schlugen sie nun die entgegengesetzte Richtung ein, die ihnen weitaus ungefährlicher erschien. Nur eine kurze Strecke waren sie gelaufen, als sie einen kleinen Pfad entdeckten. Irgendwohin mußte er ja führen und benutzt schien er auch zu sein. Ihre vorhandenen

Möglichkeiten waren ja auch begrenzt. Heimfinden mußten sie so oder so. Eine Weile, nachdem sie diesen Pfad betreten hatten, überfiel sie wieder diese bleierne Müdigkeit. Sie gingen jedoch entschieden dagegen an – indem sie zu laufen begannen – was ihnen wiederum zum Verhängnis wurde. Ganz erschöpft hielten sie einen Moment inne. „War dort nicht eine kleine Lichtung, oder hatten sie schon Traumvorstellungen?“ Sie stolperten nur noch darauf zu, gerieten dabei in dichtes Unterholz und Gestrüpp, das seine Äste und Zweige, die wie Fangarme aussahen, gierig nach ihnen ausstreckten. Kamen sie mit ihnen in Berührung, überlief sie ein Kälteschauer. So schlängelten sie sich ganz vorsichtig hindurch, sorgsam darauf achtend, nur ja keinen dieser Zweige zu berühren. Dann hörten sie das Geplätscher rinnenden Wassers wie aus weiter Ferne. Aber danach geschah etwas Seltsames. Es waren Stimmen zu vernehmen, die an das Lachen von Kindern erinnerten. Dann wurden diese jedoch unterbrochen von eigenartigen Geräuschen, wie von fallendem, reifen Obst.

Schließlich entdeckten sie einen Laubbaum mit herrlich duftenden, aromatischen Früchten, dessen Äste über und über mit goldenen Blättern bewachsen waren und fast bis zur Erde reichten.

Nun – neugierig geworden – liefen die Kinder mehr als sie gingen, zu dieser Stelle. Doch bei näherem Betrachten schien es, als seien diese Äste ebenfalls Fangarme, die über und über mit merkwürdigen Pusteln behaftet waren. Vielleicht aber auch gaukelte ihre kindliche Phantasie ihnen das alles nur vor, auch daß der Stamm ein Gesicht hätte. Es war wohl nur eine Laune der Natur und sie mußten sich gründlich geirrt haben. Wieder mutig geworden, pflückte Thilo eine dieser köstlichen Früchte, biß herzhaft einmal hinein und stellte fest, daß der Wohlgeschmack von keiner anderen Frucht zu übertreffen war. Hurtig füllten sie nun ihren Rucksack, doch dieser wurde schwerer und immer schwerer, daß sie nicht mehr die Kraft hatten, ihn umzuhängen. Sie leerten ihn daraufhin bis zur Hälfte, doch er hatte immer noch nicht seine ganze Schwere eingebüßt. Als sie sich umwenden wollten, griff plötzlich einer der Fangarme nach

Carmens Hand und hielt sie fest. Es war ein regelrechtes Umklammern. An ein Entrinnen war nicht zu denken, doch Thilo ergriff geistesgegenwärtig diesen unheimlichen Fangarm und riß ihn erst hoch und dann zur Seite. Nun schien es, daß er nur noch schlapp herunterhing. Daraufhin begann der Baum zu ächzen und aus der Erde kam ein Dröhnen und Bersten, was immer stärker wurde. Dann hoben sich die Wurzeln wie von Geisterhand und begannen sich aufzulösen. Hervor quoll eine klebrige, modrige Masse, die nicht enden wollte und bedeckte alle Gräser und Blumen ringsherum. So schnell wie das Spiel begonnen hatte, war es auch schon vorbei. Der Baum stand wieder ruhig und still da, als sei nichts geschehen. Nichts an ihm schien sich verändert zu haben. Doch der klebrige Auswurf war noch vorhanden, pappte an den Schuhen der Kinder und das Fortbewegen ihrer Füße war die reinste Katastrophe. Nur zu gern, hätten sie diese unheimliche Stätte auf dem schnellsten Wege in Windeseile verlassen, doch sich der Schuhe zu entledigen, wagten sie auch nicht aus Furcht, sie könnten womöglich in Dornen treten oder auf irgendwelches Getier. Es dauerte endlos lange, bis die Kinder den Ausgang dieses scheinbar verhexten Waldes fanden. Glisse hatten sie schon endlos lange nicht mehr gesehen. Wäre er zur Stelle, könnte er ihnen sicherlich Aufschluß darüber geben können, welche bösen Mächte da wieder am Werk waren. Noch war hellichter Tag. Die Sonne schien warm, es war ein Wetter wie aus dem Bilderbuch und eine leichte Brise wehte ihnen Kühlung zu. Azurblau und fast wolkenlos dehnte sich der Himmel über dem fernen Land. Sie hatten sich schon wieder von ihrem Schrecken erholt und Überraschungen – dieser oder ähnlicher Art – waren sie ja gewohnt.

Schließlich tat sich vor ihren Augen unwegsames Gelände auf. Sie gerieten auf matschigen, klitschigen Boden, doch dann entdeckten sie eine Quelle, wo sie endlich ihren Durst stillen konnten. Beeren und Pilze waren in Vielzahl vorhanden, doch nur an die Beeren wagten sie sich heran, denn mit Pilzen war nicht zu spaßen, zudem kannten sie nur einige Sorten. Es fehlte noch, daß sie sich vergifteten. Danach ruhten sie sich eine Weile aus, lauschten dem Geplätscher des rinnenden Wassers. Lange durften sie auch hier nicht verweilen, denn zu Hause mußte man

Pilzwiese

ja mittlerweile längst ihr Verschwinden entdeckt haben. Jetzt beschlich sie nun doch ein schlechtes Gewissen. Endlose Stunden hatten sie darauf verwandt, den Heimweg zu finden. Kopf und Füße schmerzten, dann hörten sie in weiter Ferne – zunächst recht zaghaft – dann immer stärker, das Getrappel eiliger Füße. Sicherlich war es Glisse mit seinem Gefolge. Fast andächtig lauschten sie nun den schon vertrauten Lauten. Sie warteten ab, bis Glisse an ihnen vorbei war, dann erst folgten sie ihm in angemessenem Abstand. Immer weiter und weiter trugen ihre wunden und müden Füße sie nun fort, doch ihnen konnte nun nichts mehr geschehen, denn unter seinem Schutz fühlten sie sich sicher und geborgen. Ihm war der Weg nicht fremd. Ehe sie es sich aber versahen, tauchte vor ihnen der Froschteich auf.

Die sorgenvollen Eltern

Ein Gequake aus Aberhunderten von Froschkehlen hub an und in den kleinen Tümpeln schossen die Kaulquappen im Zickzack hin und her. Es war eine Freude, ihnen zuzusehen. Carmen und Thilo waren so müde, doch unsagbar glücklich, wieder daheim zu sein. Nur kurze Zeit brauchten sie, um in ihr Elternhaus zu schleichen und in ihre Betten zu steigen. Fast augenblicklich schliefen sie ein. So vorsichtig hätten sie gar nicht zu sein brauchen, denn ihre Eltern waren in heller Aufregung über ihr Verschwinden und hatten bereits die Polizei alarmiert. Die hatten bereits Suchtrupps losgeschickt, die Gegend nach verdächtigen Individuen abzusuchen. Doch von all dem merkten die Kinder nichts, denn sie schliefen selig, zufrieden und glücklich. Am Morgen nun, als die Mutter weinend – bereits zum unzähligsten Mal – das Kinderzimmer betrat, traute sie ihren müden, aufgequollenen Augen nicht. Ihre heißgeliebten Kinder lagen mollig warm – in ihre Decken eingehüllt – in ihren Betten. Vor Freude darüber, daß ihre Kinder wieder unversehrt Zuhause waren, unterließ sie es auch sie zu wecken, um ihnen zu zürnen. Was hatten sie doch für eine Angst ausgestanden und was hätte nicht alles passieren können. Der Vater, dem das Verschwinden der Kinder genau so zu Herzen gegangen war, konnte es vor Freude einfach nicht fassen, als er wenig später seine Frau mit den Kindern im Kinderschlafzimmer vorfand. Beide legten sich zu ihnen, wo sie bis zum späten Nachmittag allen Schlaf aufholten, den sie entbehrt hatten. Nur langsam, als die Kinder erwachten, fanden sie wieder in die Wirklichkeit zurück. Sie wurden mit Fragen bestürmt, doch sie verrieten nichts von ihren Erlebnissen aus Furcht, man würde ihnen das alles gar nicht glauben. So sagten sie nur, daß sie sich verlaufen hätten, was zwar stimmte, doch nur ein Bruchteil ihrer abenteu-

Das Männchen unter der Weide

erlichen Geschichte war. So nahmen die Eltern ihnen das Versprechen ab, sich nicht mehr so weit vom Haus zu entfernen, damit ihnen in Zukunft diese Aufregungen erspart blieben. Am folgenden Tag, einem Sonntag, kamen Freunde der Eltern und Verwandte, um die Kinder mit Fragen über Fragen zu überhäufen und zu bombardieren. Sie blieben jedoch standhaft und schützten Müdigkeit vor, um allem lästigen Gerede aus dem Weg zu gehen. Am Montag jedoch schon, nahm ihre innere Unruhe dermaßen von ihnen Besitz, daß sie sich schon wieder voller Spannung und Tatendrang auf den ihnen vorgezeichneten Weg machten, neuen Abenteuern entgegen.

Noch war alles ruhig. Die Luft war erfüllt vom Gesang der Vögel und dem Gesumm der Bienen und Insekten, die sich den Nektar aus Blumen und Blüten nahmen. Ihre kleinen Rüssel steckten sie hinein, die, gelb vom Blütenstaub recht lustig aussahen. Vögel aller Arten zwitscherten in Bäumen, Hecken und Sträuchern und aus ihren glänzenden Zweigen rieselten leuchtende buntgemischte Blüten herab, die einen betörenden Duft ausströmten. Kaskaden von Schmetterlingen schwirrten einher in bunt schillernden Farben, getupfte, gestreifte, in allen möglichen Varianten. Carmen und Thilo überließen sich dem Zauber der Natur. Nur zu gerne wären sie am Fuße einer alten Weide niedergesunken, um sich diesem Schauspiel weiter hinzugeben, doch sie mußten ja bald wieder weiter. Auch sahen sie zum ersten Mal den rostfarbenen Milan mit dem gezackten Schwanz, der auch Gabelweihe genannt wird. Lange saß dieser auf einem gepflügten Acker und entfernte sich erst, nachdem er eine Maus gefangen hatte. Die Sonne stand schon hoch am Himmel, ihre warmen Strahlen aussendend auf Gute und Böse, keinen Unterschied machend. In den Wiesen tummelten sich die putzigen Hermelinchen, deren Fell schon wieder einen leicht bräunlichen Ton angenommen hatte. Während der Wintermonate war es dem Weiß des Schnees angepaßt, um sie so vor Füchsen und Raubvögeln zu schützen. Sie machten Männchen und Hopser. Es war eine Lust zu leben für Mensch, Tier und die ganze Natur. Frohgemut schritten die Kinder voran. Im Froschteich war quicklebendiges Leben, doch von Glisse weit und breit nichts zu sehen. Zum gegebenen Zeitpunkt würde er schon wieder auftau-

chen. Wozu sollten sie überhaupt heute wandern? Der Tag war einfach zu schön. So streckten sie sich lange in der Wiese aus, beobachteten Eidechsen in ihren schillernden Farben, die aus Mauerwerk hervorkrochen, Lerchen, die trillernd gen Himmel stiegen. Zum ersten mal entdeckten sie über dem Teich eine Libelle – die mit ihren äußerst zarten, bläulich gefärbten Flügeln – in der Luft umher schwirrte. Ihre Larven befanden sich am Rande des Teiches und diese sahen sie auch nur ein zufällig, weil sie sich in ihrer Gefräßigkeit über einen kleinen Käfer hermachten. Im nahen Röhricht wäre Thilo beinahe in das Nest einer Grasmücke getreten, was oben geschlossen war und so versteckt – zwischen Schilf und Grasbüscheln lag – daß er es erst im allerletzten Moment wahrnahm.

Teich mit Libelle

Die hellseherischen Fähigkeiten der Außerirdischen

Vielfältig und aufregend waren dann die plötzlich auftretenden Ereignisse. Erst ganz leise, aus weiter Ferne, hörten sie die eigenartigen Geräusche des Flugobjektes, was näher und näher kam, bis es schließlich auf der Wiese landete.

Ihm entstiegen wieder diese, in grasgrüne Overalls gekleideten Gestalten, die sie freundlich baten, sie doch auf ihren Planeten zu begleiten. Das ließen sie sich nicht 2-mal sagen. Binnen weniger Minuten kamen sie dort an. Es war eine Tafel gedeckt mit fremdartigen, doch überaus wohlschmeckenden Speisen. In grünen Bechern wurde ein Getränk serviert, was an Köstlichkeit nicht zu übertreffen war. Kleine, zierliche Gestalten, ebenfalls in grasgrüne Overalls gekleidet, mit goldenen Bändern im Haar bewirteten sie. Sie kamen aus dem Staunen nicht mehr heraus. Dann schließlich beorderte man sie in einen Raum, wo ein bildschirmähnliches Gerät stand. Es wurde ihnen gestattet, einen kurzen Blick auf zwei Bilder zu werfen, die es ihnen ermöglichte, Einblick in die Zukunft zu bekommen.

Ein Bild zeigte die Erde, wie sie aussehen würde, sollten die Menschen, die ihnen gegebenen Weisungen nicht befolgen und ihre Lebenseinstellung nicht konsequent ändern. Sie sahen verbrannte, ausgedörrte Erde; kein Vogel sang mehr, keine Blume blühte mehr und Menschen und Tiere, sowie die ganze Natur waren von keiner Ozonschicht mehr, vor den ultravioletten Strahlen der Sonne geschützt. Allergien hatten sich schlagartig verbreitet. Starke, nicht enden wollende Regengüsse überzogen das weite Land und die Flüsse traten über die Ufer und zerstörten die einst so wunderschönen historischen Städte. Viele Menschen und Tiere kamen dabei um und an ein Ende dieser Sintflut war nicht zu denken.

Das andere Bild zeigte blühendes Land, keine Ausbeutung der Natur, rücksichtsvoller Umgang zwischen Mensch, Natur und Tier. Harmonie, wo man nur hinsah, denn jeder achtete wieder alles Leben auf dieser Welt.

Noch lange blickten die Kinder dem Ufo nach, als es sie auf der ihnen vertrauten Wiese abgesetzt hatte und ihren Blicken entschwand. Tief in Gedanken versunken traten sie den Heimweg an.

Viele Monate zogen inzwischen ins Land, Herbststürme wehten das welke Laub einher und – schneller als geahnt – brachten Schnee und Frost so viel Kälte mit sich, daß Eiskristalle die Fenster zierten und Eiszapfen an den Dachrinnen hingen. Dunkle Wolken ließen den Schnee in dichten Flocken zur Erde wirbeln, der die Landschaft weit und breit in seinen schützenden Mantel hüllte, die aussah, als wäre sie mit glitzerndem Puder überzogen, nachdem eine dicke Eisschicht zum Rodeln einlud. Traurig jedoch drückten in diesem Winter Carmen und Thilo ihre Nasen an die kühlen Scheiben, denn von den Außerirdischen und Glisse hatten sie ewig nichts mehr gehört. Auch sehnten sie sich nach frostklirrenden Wintertagen wieder nach etwas mehr Abwechslung. Eine innere Unruhe befiel sie, bis sich dann zwar nur ganz langsam, doch stetiger die Erde erwärmte und die Sonne hatte schon viel an Kraft gewonnen und die restlichen Nebel aufgelöst, die sich bisher hartnäckig geweigert hatten, dem Lenz eine Chance zu geben. Schließlich hielt sie nichts mehr drinnen, dann warfen sie ihre Schulranzen in die Ecke, um doch mal wieder Ausschau nach ihrem Froschteich und den Tümpeln zu halten. Die Frösche waren gewiß noch nicht wieder von ihrem langen Winterschlaf erwacht, überlegten sie, doch wer weis? Sie staunten nicht wenig, weil bereits die zarten Halme des Schilfrohrs hervorlugten, die Seerosen wieder neu austrieben und in dem Ausläufer eines Tümpels hatte sich Wasser angesammelt. Doch welche klebrige Masse trieb an der Oberfläche? Thilo rief: „Schau Carmen, was ich da entdeckt habe!“ Beim näheren Hinsehen stellten beide fest, daß es sich zweifellos um Froschlaich handeln mußte.

Wieder standen Wochen voller Ferienfreuden bevor, als Carmen und Thilo ihre Ranzen sorgfältig verstauten, um wieder mal nach dem Rechten in Wiese, Wald und Feld zu schauen. Aber zu ihrer Freude, war doch schon ein Frosch aus seinem Winterversteck hervorgekrochen, um seinen Laich abzulegen. Vorsorglich pappten sie einige Rasenstücke rundherum, damit das spärliche Wasser nicht abfließen konnte. Sie mußten äußerst sorgfältig vorgehen, damit sie nicht mit den weichen Schalen der Eier in Berührung kamen, die zu ihrem Schutz nur mit etwas Schleim umhüllt waren.

Nachdem der Höhenwind tagelang beständig blies und tiefhängende Wolken ihre Regenlast abgeladen hatten, war nun ein wunderschöner Frühlingstag. In der Wiese lugten Gänse – und Schlüsselblumen hervor und die ersten Hummeln und Bienen brummten in der lauen Luft, suchten nach Nektar in den noch wenig vorhandenen Blütenkelchen. Käfer, in schillernden, grünen, schwarzen und braunen Farben streckten sich der Sonne und dem Licht entgegen. Plötzlich entdeckten sie einen Käfer, ungefähr acht cm lang, der sich an dem Saft eines geschlagenen Baumes gütlich tat. Das konnte nur ein Hirschkäfer sein, aus der Familie der Blatthornkäfer, denn zufällig hatten sie das – vor noch nicht allzu langer Zeit –, in der Schule durchgenommen. Er hatte einen – nach einem Geweih aussehenden – Oberkiefer und seltsam geknickte Fühler. Wozu das gut war, wußten sie allerdings nicht. Die Kinder streckten sich behaglich in der Wiese aus, beobachteten einen Schwarm Wildenten, die flügelschlagend sich einem der Tümpel näherten, auf dem sie sich schnatternd niederließen. Von einem nahen Baum her erschallte der Ruf des Kuckucks und bunte Schmetterlinge tummelten sich in Vielzahl. Es war eine Freude zu leben.

An einem Baum hing ein Starenkasten, in dem ein Starenpärchen schon alljährlich seine Jungen ausbrütete, denn er hing windgeschützt, im Gezweig versteckt. In diesem Jahr allerdings waren schon drei der Kleinen flügge, weil es nicht an Nahrung fehlte. Reichlich waren Beeren, Raupen, Würmer und Maden vorhanden, die reich an Proteinen sind und eine willkommene Abwechslung bieten. Nur der kleine Nesthocker war noch zu schwach, um lange fliegen zu können. Er schaffte es noch nicht, sich sein Futter selbst zu suchen. Vielleicht auch hatten die größeren Geschwister ihn immer bei der Nahrungsaufnahme zurückgedrängt. So sorgte dann das Elternpaar noch über Wochen für den kleinen Kerl und steckte ihm die feinsten Leckerbissen in den Schnabel. Manchmal jedoch nahm er einen Anlauf, flog etwa zwei Meter weit bis zum nächsten Ast, doch dann verließ ihn wieder die Kraft – vielleicht auch der Mut – und er kehrte schnellstens zurück. Seine drei frechen Geschwister flogen oft zu ihm ins Nest, schimpften mit ihm, weil er sich so bedienen ließ, doch er störte sich nicht an ihr Gezeter. Dann kam eines Tages ein schweres Gewitter mit Hagel und Sturmböen, daß die Äste der Bäume sich bogen und unter der Last der schweren Hagelkörner stöhnten. Der kleine Star aber piepste und piepste vor Sorge um seine Eltern und Geschwister. Erst dann beruhigte er sich, als alle in den Schutz des Starenkastens zurückgekehrt waren, wo es zwar eng war, doch sie getrost das Ende des Unwetters abwarten konnten.

Der komische Stoppelige

Die Kinder nutzten einen Nachmittag, um nur querfeldein zu laufen, um ihre Füße zu vertreten. Schließlich erreichten sie eine Anhöhe, wo ein Kahlschlag war, wo sich seltsame Wesen tummelten. Bei näherem Betrachten stellten sie fest, daß es sich um eine ganze Sippe handeln mußte. Alle sahen Zwergen ähnlich, doch sicher waren sie sich nicht. Diese umringten einen dieser bösen Zwerge, der vor Wut kochte und Gift sprühte.

Nun war ihnen alles klar: „Der Kampf gegen die bösen Mächte hatte begonnen. Man wußte allerdings nicht, welche Mächte – gute oder böse – in der Überzahl waren, doch eines schien sicher: Glisse beteiligte sich nicht an den Kämpfen, er war aber immer dann zur Stelle, wenn Not am Mann war und half, wo er nur konnte. Zweifellos waren diese Zwerge der Inbegriff des Bösen. Noch waren sie nicht so getarnt, daß man sie hätte verwechseln können, doch wie lange noch? „Welche Gewalt hatten sie?“ Doch dann erschraken sie plötzlich über alle Maßen, denn vor ihnen stand – wie aus dem Boden gewachsen – mit langen Beinen und Füßen – sowie Klauen – ein Wesen, dessen Arme fast auf den Boden reichten, das Gesicht jedoch eckig und voller Stoppeln. Dieses jedoch war fast lieblich anzusehen. Es machte ihnen Zeichen, immer und immer wieder, die sie jedoch lange nicht verstanden, bis ihnen endlich klar wurde, daß sie diesem Wesen folgen sollten. Zunächst zaghaft, doch dann immer mutiger und neugieriger werdend, schlossen sie sich dieser, ihnen unbekannten Gestalt an. Dieses Wesen gab seltsame Geräusche von sich, die fast wie ein Murmeln klangen und es lief mehr als es ging und das in gebückter Haltung. Carmen und Thilo waren kaum fähig ihm zu folgen. Dann nach langer Zeit, vielleicht waren schon Stunden vergangen, verschwand es in einem Dickicht, was nahe einer Anhöhe gelegen war. Sie kämpften sich nur unter großen Mühen durch das Gestrüpp, nicht achtend der Schrammen und Dornen, die Arme und Beine zerkratzten. Sie hatten darüber Zeit und Raum vollkommen vergessen. Dann jedoch stand dieses Wesen wieder urplötzlich vor ihnen, in der Hand einen winzig kleinen, zappeligen, vierschrötigen, bösartig blickenden Zwerg, der vor ihren Augen immer größer und größer wurde, dann aber plötzlich wie eine Seifenblase zerplatzte. Seltsame Dinge spielten sich ab und Carmen und Thilo erschraken fast zu Tode. „In was waren sie nun schon wieder hineingeraten?“ Sie wollten voller Panik das Weite suchen, doch wie gebannt – konnten sie sich plötzlich nicht mehr vom Fleck bewegen. Diese Ausgeburt von Mensch oder Tier, oder was es auch immer war, lockte sie immer tiefer in die Wildnis

Der garstige Zwerg

hinein. Es schien, daß es ihren Willen beherrschte, oder zumindest beeinflußte. Dagegen waren sie machtlos und ihre Furcht nahm immer größere Ausmaße an. Schließlich – nach einer ihnen endlos erscheinenden Zeit – konnten sie sich wieder fortbewegen und alsbald befanden sie sich auf einer Lichtung, die umsäumt war von fremdartigen Pflanzen und Sträuchern. Diese schienen plötzlich lebendig zu werden. Es wisperte und raunte in ihnen und als ob der Wind mit ihnen spielte, bewegten sich die Äste im Rhythmus, so, als ob sie tanzten.

Musik erklang, die mal kräftiger, dann wieder in gedämpfteren Tönen zu vernehmen war. Vor ihnen aber – wie von Geisterhand – öffnete sich eine Tür, die in das Innere eines Berges führte. Wie gebannt starrten sie hinein und im gleichen Augenblick flammten bunte Lichter auf. Dann entdeckten sie Glisse. Wohnte er hier oder wurde er gar gefangengehalten? Eigentlich wußten sie ja gar nicht viel von ihm außer, daß er mit seinem Gefolge in einer Lichterprozession aus dem Schilf hervor kam, um dann später im Stollen aufzutauchen. Auch jetzt wieder machte er ihnen durch Zeichen und Gesten verständlich, sich ja besonnen und ruhig zu verhalten. Wie von unsichtbarer Hand geführt, folgten sie dem schmalen Weg, der in einem hellerleuchteten Raum endete. Die Wände waren mit glitzernden Steinen übersät. In Nischen befanden sich Hängematten aus geflochtenem Schilf, in denen ein Lager errichtet war, in das sie sich müde und erschöpft begaben, um augenblicklich einzuschlafen.

Als sie erwachten, glaubten sie immer noch zu träumen, denn sie lagen mollig zugedeckt zu Hause, in ihren Betten. Doch ihr funkelnder Stein lag im geöffneten Fenster. Wie kam er denn dorthin? Thilo wußte genau, daß er ihn nicht aus der Tasche seiner Jacke genommen hatte. Nach dem Frühstück, als im Haus alles ruhig war, begaben sie sich – wie aus einem Zwang heraus – wieder an den Froschteich. Ihren Stein vergaßen sie nicht mitzunehmen. Sie konnten es einfach nicht glauben was sie alles erlebt hatten, denn alle ihre Kratzer an Armen und Beinen waren verschwunden. „Hatten sie doch nur geträumt?“ Aber das war doch nicht möglich, daß sie beide den gleichen

Traum gehabt hätten. Auch wußten sie ja, daß sich seltsame Dinge ereigneten und das Böse sich in vielerlei Gestalt auf dieser Erde zeigte – und getarnt – war es kaum möglich, das Gute von dem Bösen zu unterscheiden. Carmen und Thilo dachten immer wieder über alles nach, auch über die Weisungen der Außerirdischen. Der boshafte Blick des Zwerges machte ihnen sehr zu schaffen; er schien voller Haß auf sie gerichtet zu sein, so, als wären sie an allem schuld, was sich ereignete. Dabei sah es so aus, als wollten gute, aber auch böse Mächte, sie in ihre Gewalt zwingen. Wären doch nur die Außerirdischen ihnen wieder zur Seite. Doch das wagten sie kaum zu hoffen, denn die hatten ihnen unmißverständlich klar gemacht, daß die Menschen sich bessern müßten, wollten sie von aller Plage befreit werden.

Ob der böse Zwerg nicht ein von Menschen geklontes Wesen war? Wer wußte das schon. Die Menschen hatten sich ja in ihrem Hochmut verstiegen, achteten schon lange nicht mehr die Gesetze der Natur. Es wurde immer unheimlicher auf dieser, einst von Gott geschaffenen Erde. Der Mensch wollte sein wie Gott, deshalb war er auch nicht mehr dazu bereit, sich Grenzen zu setzen.

Die Kinder waren nicht dazu in der Lage, all das Erlebte zu verarbeiten, erst recht nicht, alles zu verstehen. Doch ganz sicher waren sie sich über die Deutungen der Außerirdischen, die den besten Durchblick haben mußten, denn sie standen zwischen dem höchsten Wesen und den Menschen. Sie waren noch die Einzigen, die in der Lage waren, alles gerecht zu beurteilen, denn sie blieben trotz ihrer Sorgen um die Erde ausgeglichen, verfielen keineswegs in Hysterie. Ihre Aufgabe war es lediglich zu mahnen und zu warnen. Zu mehr waren sie nicht befugt.

Der anbrechende Tag mit seinen schönen Seiten

Für die Kinder war wieder ein spannungsgeladener, aufregender Ferientag vergangen. Was mochte ihnen noch an Überraschungen in den folgenden Tagen und Wochen bevorstehen? Sie waren aufs Äußerste gespannt und harrten der Dinge, die da wohl kommen mochten. Zu Hause behandelten sie alle mit einer gewinnenden Herzlichkeit. So war es auch nicht verwunderlich, daß man ihnen immer mehr Freiheiten zugestand. Die Zeugnisse waren erstklassisch ausgefallen und ihre Eltern waren voll und ganz mit ihrem Beruf und ihren Interessen ausgefüllt. Es war Samstag und es regnete in Kübeln vom Himmel. Nicht ein einziges Mal hatte die Sonne eine Chance, sich blicken zu lassen. An ein Wandern war so und so nicht zu denken; erstens waren die Wege voller Matsch und die Kleidung wäre binnen weniger Minuten total durchnäßt und wen reizte es schon, mit nassen Klamotten durch Wiesen, Felder und Wälder zu ziehen. So räumten die beiden Geschwister – zwar mißmutig – ihre Zim-

mer auf, ließen sich jedoch nichts von ihrem Ärger anmerken. Alles stellten und rückten sie an den ihnen zugedachten Platz, staubten die Möbel ab und saugten den Fußboden. Kein Wunder, daß die Eltern darüber sehr erstaunt waren.

Auch der Sonntag war wenig versprechend. Graue, düstere Wolken bedeckten den Himmel und ein eisiger Wind fegte um alle Ecken. Den gesamten Vormittag verschlief die Familie, bevor sie sich vor die Glotze und den Computer setzten. Zu allem Unglück hatte auch noch ein Virus denselben befallen und alles war abgestürzt. So ein Mist, das hatte gerade noch gefehlt. Jetzt war die Stimmung total ätzend. Hoffentlich war der Montag vielversprechender. Es kribbelte den Kindern in den Fingern in Erwartung, was alles auf sie zukommen könnte. Sie waren sich fast sicher, daß, bevor noch der kommende Tag zu Ende sei, sich irgend etwas ereignen würde. Auf jeden Fall mußten sie herausfinden, was es mit dem komischen Wesen für eine Bewandtnis hatte. Auch ließ es ihnen keine Ruhe zu wissen, ob der Berg tatsächlich existiert, in dem sie Glisse entdeckten und aus dem sie auf so geheimnisvolle Weise verschwunden waren.

Heute nun war es soweit. Ein strahlend blauer Himmel hatte die letzten Regenwolken vertrieben, die Sonne stahl sich schon frühmorgens in alle Ecken und Winkel und von ihren Strahlen wurden auch Carmen und Thilo beizeiten geweckt. Verschlafen rieben sie sich die Augen um dann festzustellen, daß ihr Stein wieder besonders hell leuchtete, schöner denn je. Eilig kleideten sie sich an, sprühten einige Tropfen Wasser ins Gesicht, warfen einen kurzen Blick in die Küche, wo ein vorbereitetes Frühstück stand, was sie gierig verschlangen. Dann entdeckten sie auch noch den hastig hingekritzelten Zettel des Hausmädchens: „Bin in der Stadt, es kann spät werden, paßt gut auf euch auf!“ Das lief ja optimal. In aller Eile stopften sie sich noch einige Dosen Cola in die Taschen, sowie ein paar Milchschnittenriegel und ab ging die Post. Schnell noch den Haustürschlüssel umhängend und im Eilschritt zum Froschteich. Dort vergewisserten sie sich, daß der Laich noch unverändert war, um sich augenblicklich hinter das Schilf und auf die Wiese zu begeben. Ihnen war klar, daß sie den vorgeschriebenen Weg zu Ende gehen mußten, komme da was wolle. Obwohl sich nichts Grundsätzliches geändert hatte und sie auch die Außerirdischen nicht mehr zu Gesicht bekommen hatten wußten sie, daß diese über ihnen, zwischen ihnen und bei ihnen waren. Daran bestand kein Zweifel. Sie wußten definitiv aber auch, daß nur von einer alles überragenden Macht Hilfe zu erwarten war. Waren die Außerirdischen auch nur Mahner und unterstanden ebenfalls dieser Macht von oben, so mußten sie sich doch ihren Weisungen unterwerfen, denn diese hatten ihnen ja unmißverständlich zu verstehen gegeben, daß es anders nicht mehr gehen würde. Von Glisse wußten sie, daß er ein Lichtwesen sein mußte. Seine ganze Erscheinung strahlte Helle und Zuversicht aus. Unter seinem Schutz fühlten sie sich ja immer geborgen. So beschlossen Carmen und Thilo dann, auch diesen neuerwachten Tag ausgiebig zu nutzen, denn der Himmel war wieder hell und klar, mit einigen wenigen Schäfchenwolken durchzogen und verhieß einen strahlend schönen Tag.

Frohgemut und ausgeruht zogen sie los, neuen Abenteuern entgegen. Dazu durchquerten sie dann ein kleines Tal, was nur ein winziges Rinnsal durchlief, wanderten vorbei an duftenden Blumenwiesen und plätschernden Quellen, lauschten dem Gesang der Vögel, bevor sich die Landschaft jäh veränderte. Überall Kieferngehölz und dichtes Unterholz, so weit das Auge reichte. Kein Vogel sang, kein Insekt zirpte. Die Luft wurde immer stickiger und dünner, sodaß sie kaum noch zu atmen vermochten. Immer unheimlicher wurde es. Nun befiel sie nun doch wieder diese unheimliche Angst, die sie nur verdrängt hatten. Was ging nur hier vor? Sie rannten los – ziellos – um nur ja diesem Gefahrenherd zu entrinnen.

In was hatten sie sich da nur wieder eingelassen? Panik befiel sie und ihre Haare sträubten sich, zumal an ein Zurück nicht mehr zu denken war und sie vollends die Orientierung verloren hatten. So stolperten sie nur noch drauflos, ungeachtet der Dornen und dürren Baumstämme, die sich ihnen in den Weg stellten. Was schier unglaublich war geschah, denn urplötzlich lichtete sich die Wildnis, die Sonne brach hervor und die Luft war wieder frisch und rein. Sie begriffen, daß sie nur haarscharf an

einem Unheil vorbeigeschlittert waren. In der Nähe sahen sie einen Kojoten vorbeistreifen, der scheinbar keinen Wind von ihnen bekommen hatte. Hinter ihm im Gefolge ein Jungtier. Noch, ehe sie es sich versahen, veränderte sich die Landschaft zu einer trockenen Ebene, die über und über mit Sand bedeckt war. Eine Karawane zog ihres Weges, unter ihnen ein Treiber mit zwei Kamelen, deren Rücken mit Fässern beladen waren und sich mühsam durch den Wüstensand arbeiteten. Dann überfiel sie erneut ein großer Schrecken, denn sie sahen, daß sich im Sand et-

Karawane

was schlängelte, was sie aber aus dieser Entfernung nicht erkennen konnten. Ihre Ahnung ließ sie aber annehmen, daß es Schlangen sein könnten.

Ihre Trinkvorräte waren inzwischen sehr geschrumpft. So beschlossen sie kurzerhand, den Rückweg anzutreten, denn eine andere Wahl hatten sie ja nicht, wollten sie nicht elendig zugrunde gehen. Sie waren mittlerweile sehr erschöpft, nahe des Zusammenbruchs. An ihren Füßen hatten sich Blasen gebildet und die Sonne brannte unbarmherzig auf sie hernieder. Da, war das nicht ein schattiges Plätzchen? Inmitten eines alten, fast gänzlich abgestorbenen Baumes, der kaum mehr Rinde trug und nur noch vereinzelt einige Blätter aufwies – die aber glücklicherweise etwas Schatten spendeten – ließen sie sich nieder.

Da war es wieder, dieses unbestimmte, eigenartige Gefühl, was sie weiter trieb, ihnen keine Ruhe ließ. Auf der Hut waren sie trotzdem, denn Vorsicht war angesagt an allen Ecken und Enden. Ehe sie es sich versahen, stand vor ihnen – wie aus dem Boden gestampft – ein bösartig blickender Zwerg, der noch viel schlimmer aussah, als der vom Vortag. Aus seinem Mund floß grüner Geifer, seine Hände waren zu Fäusten geballt und er fletschte die langen, überstehenden Zähne. Die Kinder erstarrten zu Bildsäulen und waren vor Entsetzen wie gelähmt. Sie waren zunächst nicht in der Lage, sich vom Fleck wegzurühren. Doch dann geschah etwas Seltsames. Noch während dieser böse Zwerg im Begriff war sie mit seinen Fäusten zu vernichten, stürzte sich ein riesengroßer Adler auf ihn und trug ihn mit seinen Fängen in die Lüfte fort. Sie sahen ihn noch lange zappeln und sein wüstes Geschrei gab ein Echo wieder, was ihnen durch Mark und Bein ging. Noch ganz benommen von den Vorgängen beratschlagten sie nun, wie sie auf dem schnellsten Weg nach Hause gelangen könnten, doch sie kamen zu keinem Schluß, wußten nicht einmal wo sie sich befanden. Mutlos, doch zugleich auch glücklich über die unverhoffte Rettung, gingen sie zunächst noch zaghaft, doch in gewißer Weise zuversichtlich auf einen kleinen Pfad zu, der in ein lichtes Waldstückchen führte und dann entdeckten sie über sich ein Licht, heller als sie jemals ein solches gesehen hatten. Dann aber faßten sie sich an den Händen und rannten – so schnell sie konnten und ihre klei-

Adler

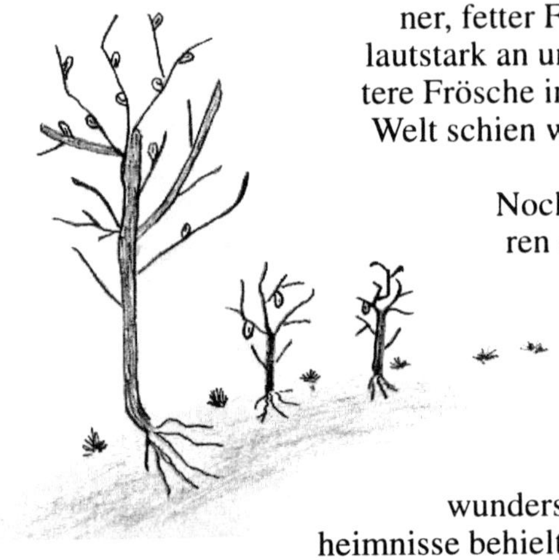

nen Füße sie trugen – bis zum Froschteich, wo plötzlich Glisse vor ihnen auftauchte und sie ruhiger wurden, weil der Spuk für diesen Tag vorbei war. Dort aber tummelten sich schon kleine Kaulquappen im seichten Tümpel, ein dicker, grüner, fetter Frosch stimmte sein Lied lautstark an und ringsherum fielen weitere Frösche in sein Gequake ein. Die Welt schien wieder in Ordnung zu sein.

Noch keine zehn Minuten waren sie im Haus, als ihre Eltern früher als erwartet zurückkamen. Ihnen erzählten sie freudestrahlend von den Kaulquappen, dem dicken Frosch und dem wunderschönen Wetter. Ihre Geheimnisse behielten sie wie immer für sich; es sollte ja keiner von diesen ihren Sorgen erfahren. So ganz richtig war das ja nicht, doch hätten sie darüber berichtet, wäre zwangsweise Hausarrest angesagt worden. Nun stand wieder eines dieser langen, trüben Wochenenden bevor – was die Eltern dazu benutzten, eine Fete zu veranstalten – zu der sie Freunde und Verwandte einluden. Die Idee war gar nicht so schlecht, denn das Wetter hatte wieder mal wie so oft umgeschlagen und der Regen prasselte in Kübeln auf die Erde hernieder. Die Heizung war lange zuvor schon abgestellt worden, doch nun zündeten sie schon am Freitag den Kamin an, der eine kuschelige Wärme verbreitete. Es war Samstagmorgen und die Eltern schliefen ausgiebig bis fast in den Mittag hinein. Das Hausmädchen hatte frei und war schon am Abend zuvor abgereist. Da ihm sowieso an den Kindern nichts lag, hinterließ dies auch für die beiden keine nennenswerte Lücke. Sie waren schon frühmorgens mit ihrem neuen, hypermodernen Computer be-

schäftigt und Thilo widmete sich nun ausgiebig seinen Harry Potter-Büchern in denen er stundenlang schmökern konnte. „Zum wievielten Male hatte er sie eigentlich schon gelesen? Er wußte es selbst nicht mehr, doch sie waren immer wieder aufs neue spannend – doch wann kam eigentlich die schon lange angesagte und ersehnte Fortsetzung?“ Dann, als sie Hunger bekamen, machte Carmen sich ein Käsebrötchen und Thilo begnügte sich mit einer Milchschnitte, die jedoch nicht den Milchgehalt aufwies, den man ihr zumaß. Egal, sie schmeckte ihm und darauf kam es ihm auch schließlich hauptsächlich an.

Dann – nachdem die Eltern schlaftrunken auch in der Küche erschienen – bereitete Carmen ihnen ein mit Schinken, Eiern und Pilzen versehenes Omelett und danach ging es gemeinsam an die Vorbereitungen für die Fete. Ein kaltes Büffet wurde gerichtet, Getränke stellte man kalt. Etwa gegen 18 Uhr trudelten dann schon die ersten Gäste ein.

Der Esel zieht seines Weges

Der Regen trommelte unaufhörlich aufs Dach, hinterließ in den Straßen und auf dem Asphalt dicke Blasen die hüpften und alsdann aufplatzten. Im Haus war es mollig warm, zumal ihr Vater es niemals vergaß, wieder rechtzeitig Scheite aufzulegen, die prasselnd im Kamin zerstoben. Der Abend verlief harmonisch und gemütlich für alle Anwesenden – auch für die Kinder – zumal sie ja infolge des anhaltenden Regenwetters keine kostbare Zeit verloren. In der Nacht zum Sonntag träumte Thilo von saftigen, rotbackigen Äpfeln, die ein Bauer mit seinem Obstpflücker von den Bäumen holte. Ein Esel trug auf seinem Rücken die schwere Last ins Tal hinunter. Carmen schlief traumlos, erwachte fast gleichzeitig mit ihrem Bruder, doch erst am späten Vormittag. Der Regen hatte nun vereinzelt nachgelassen und gemeinsam machten sie sich nun mit ihren Eltern an das große Aufräumen und Säubern. Keine schöne Arbeit war das und es machte keineswegs Spaß, doch sie zeigten sich willig und hilfsbereit. Dann, gegen Abend hellte sich der Himmel wieder etwas auf und nur noch vereinzelt fielen einige Regentropfen. Am Morgen dann lag ein leichter Dunst über dem Tal und Nebelschwaden senkten sich herab, was ein gutes Zeichen war. Kurz, nachdem das Hausmädchen eintraf, verabschiedeten sich die Eltern mit vielen Ermahnungen und Küßchen und die beiden hatten „sturmfreie Bude“ Diese waren jedoch schon außerhalb des Hauses, noch bevor das Auto die Ausfahrt verlassen hatte und die Reifen quietschend um die Ecke bogen. Am Froschteich beratschlagten sie eine Weile, wo denn heute die Reise hingehen sollte. Allzu viele Möglichkeiten – noch unerforschtes Gebiet zu durchstreifen – gab es für sie nicht mehr, doch sie wollten sich überraschen lassen.

Ein bequemer Weg ermöglichte es ihnen, aus einem Kiefernwäldchen in ein beginnendes Tal zu gelangen, wo eine sanfte Prise wehte, die dem schon anbrechenden Tag etwas Kühlung brachte. Was sie nie für möglich gehalten hatten wurde wahr.

Endlich einmal sahen sie – und nicht nur von Bildern – kleine junge Waldohreulen, die neugierig aus den Ästen lugten.

An ihren Köpfchen war erst der Ansatz der Ohrbüschel, die bei den ausgewachsenen Eulen voll ausgeprägt sind und ihnen ein verwegenes Aussehen geben. Ihr Federkleid war gescheckt und glich der Rinde einer Kiefer. Das war von der Natur so eingerichtet, daß es für sie leicht war, sich zu tarnen. Sie schmiegten ihre kleinen Körper einfach an das Geäst eines Baumes, war aber Gefahr im Anzug, nahmen sie eine Drohstellung ein, die gar oft Feinde in die Flucht schlugen. An Nahrung fehlte es ihnen eigentlich selten, denn zahlreiche Feldmäuse waren in der Umgebung vorhanden, in der sie sich fast ausschließlich aufhielten.

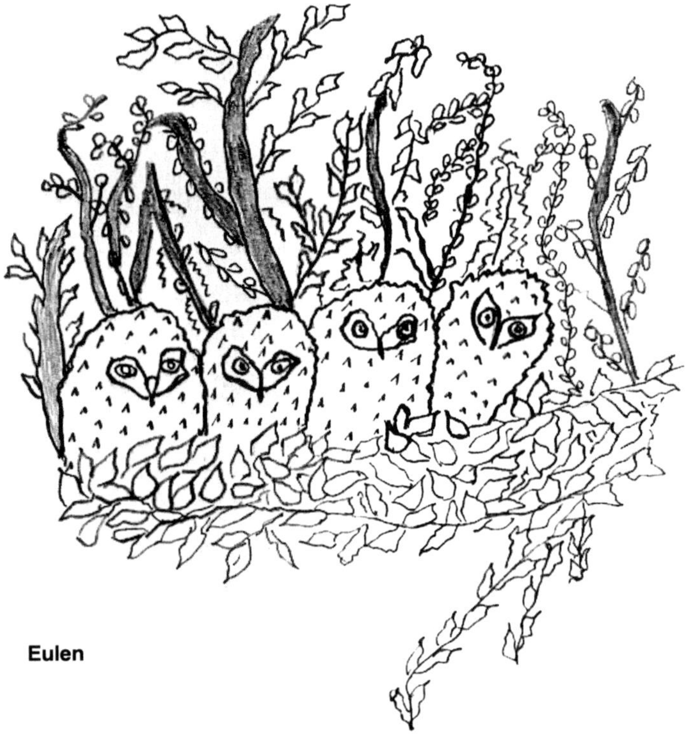

Eulen

Ein Buntspecht ließ sein Klopfen durch den ganzen Wald erschallen. Damit bezweckte er, daß Maden und sonstiges kleines Getier aus der Rinde hervorkrochen, die ihm ein willkommener Leckerbissen waren. Es war allerdings auch nicht auszuschließen, daß er auf der Suche nach einem Weibchen war, denn dann konnte sein Gehämmer auch ein Lockruf sein. Dann marschierten die Kinder weiter, Richtung Süden, wo sich vor ihren Augen endlos lange Äcker auftaten mit Getreide wie: Gerste, Hafer, Roggen und Weizen.

Weizenfeld

Die Halme mit den beginnenden Ähren wogten im Wind, was den Anschein hatte, als gäben sie sich einem Spiel hin. Inmitten dieser Felder blühte roter Mohn und Kornblumen in vielerlei Farben, die den Äckern ein buntes Aussehen gaben und in denen sich Insekten und Käfer aller Arten tummelten. Ein frischer, angenehmer Geruch stieg von der humusreichen Erde auf und aus der Ferne war der Ruf des Kuckucks zu vernehmen. Lerchen stiegen jubilierend gen Himmel, höher und immer höher, bis sie den Blicken der Kinder entschwanden. Auf einer mit Löwenzahn, Akelei und Knöterich bewachsenen Wiese, tummelten sich zwei übermütige Hasen, die ihre Männchen machten. Nahe dieser Wiese – etwa nur einen Steinwurf davon entfernt – setzte ein Rudel Rehe mit anmutigen Sätzen in den nahegelegenen Wald. Nun kam träge eine Wildsau mit ihren Frischlingen zum Bach, der leicht – infolge des Regens – wieder angeschwollen war. Schön war dieser Tag, belebt und angenehm. Vor allem begann er weniger gefahrvoll als die vorhergehenden. Nachdem die Wildschweine ihren Durst gestillt hatten und sich behaglich im Matsch gesuhlt hatten, zogen Thilo und Carmen Schuhe und Strümpfe aus, um im kühlen, erfrischenden Wasser ausgiebig zu waten. Forellen schossen im Zickzack vorbei. An ein Erhaschen derselben war nicht zu denken, sosehr sich Thilo auch anstrengte. Wozu auch? Er hätte sie sowieso wieder frei gelassen. „Warum denn den Tieren Angst einjagen?“ Übermütig – wie Kinder nun einmal sind – hüpften sie von Stein zu Stein und vergaßen dabei allen Kummer und Unannehmlichkeiten vergangener Tage. Doch dann besannen sie sich wieder und nachdem sie die mitgebrachten belegten Brote verzehrt, sowie eine Dose Cola geleert hatten, liefen sie gestärkt und guter Dinge weiter des Weges.

Die süßen Preiselbeeren und der Schäfer mit seiner Herde

Schließlich gelangten sie an einen kleinen Birkenhain, deren Stämme weiß und rot gemasert waren, was dem Wäldchen ein buntes Aussehen gab. Im Nu hatten sie es durchquert, doch nun hatte sich die Landschaft in eine blühende Heide verwandelt. Recht ungewöhnlich für die Jahreszeit, denn normalerweise entfaltete diese erst im August ihre wunderschönen lila Blüten. Das kam ihnen seltsam vor, mußte aber nicht unbedingt etwas zu bedeuten haben. „Vielleicht lag dieser Landstreifen geschützt vor Frosteinwirkungen, so daß die zarten, kleinen Blüten schon im Ansatz keinen Schaden genommen hatten.“ Doch

dann entdeckten sie inmitten dieser Sträucher Preiselbeeren in riesigen Mengen. Die noch unreifen Früchte waren weiß und die reifen hatten eine rote Farbe, die fast grell wirkte. Sie schmeckten einfach köstlich. Hierher mußten sie zum Wochenende unbedingt mit ihren Eltern kommen, um sie in Körbe zu sammeln, denn Preiselbeerkompott war das Beste, was man sich denken konnte.

Jenseits der Heidelandschaft zog ein Schäfer mit seiner Herde, auf der Suche nach saftigen Grashalmen. Unter den Schafen befanden sich viele Jungtiere, von denen einige schwarz waren. Ein Hund trieb die Herde immer wieder zusammen. Er achtete sorgsam darauf, daß sich keines der Lämmer oder noch sehr kleinen Schäfchen absonderte, denn wie leicht konnte es geschehen, daß sich eines von ihnen verirrte, oder ein umherstreunender Fuchs hatte leichte Beute. Der Schäfer trug einen wollenen, langen Mantel, der bis auf die Füße reichte. Auf dem Kopf hatte er einen Schlapphut, der ihm ein verwegenes Aussehen gab. Er stützte sich auf einen langen, gebogenen Stock und neben sich stand ein Arzneikasten. Das schien ein fürsorglicher Schäfer zu sein, dem an den Tieren was lag. Gar zu schnell war es nämlich möglich, daß sich ein Schaf verletzte, indem es in einen Dorn trat, oder aber eines der Muttertiere bekam ein Junges, wo er dann unbedingt zur Stelle sein wollte, falls Komplikationen auftreten sollten. Nachdem die Kinder alle Schafe gezählt hatten, kamen sie auf die stolze Zahl 68. Eine ansehnliche Herde, wie sie feststellen konnten.

Der warme Sonnentag mit all seinen Überraschungen

Inzwischen war die Sonne schon recht hochgeklettert, doch an ein Nachhausegehen dachte keines von ihnen; der Tag war einfach zu schön – jeder Strauch glänzte in der Pracht seiner Blüten – und noch war von dem goldbraunen Kleid des Herbstes nichts zu sehen. Wieder zog sich ein kleiner murmelnder Bach entlang, dem sie frohgemut folgten, der sich dann aber in einem kleinen, abfallenden Tal verlor. Ein Eingang zu einem – wohl nicht mehr benutzten Schacht – tat sich vor ihren Augen auf, vor dem wildwachsende Blumen wucherten. Gesteinsbrocken lagen herum, über die Eidechsen huschten, Käfer und sonstiges Getier. Im Innern desselben hing an einer Decke ein großes Spinnennetz, in dem sich auch eine größere Spinne befand. Sie schien harmlos zu sein, denn sie nahm keinerlei Notiz

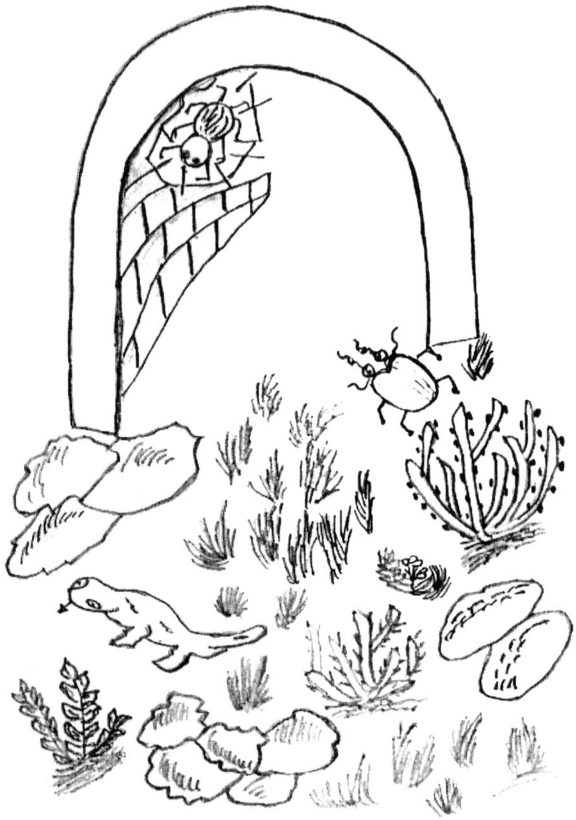

von ihnen, auch machte sie keine Anstalten, ihr geschütztes Nest zu verlassen. Sicherheitshalber waren die Kinder trotzdem auf der Hut und betraten den Eingang lieber nicht. Sie setzten ihren Weg fort und kamen an einen schattigen Waldesrand. Dort machten sie erneut halt, denn dieser Platz lud geradezu zum Ausruhen ein. In nicht allzu weiter Entfernung sahen sie dann einen großen Ameisenhügel der eingezäunt war und in dem sich etwa 1-2 cm große, schwarz bis braun gefärbte, geflügelte Ameisen tummelten. Carmen erinnerte sich ihres Biounterrichtes und wußte zu berichten, daß die Männchen dieser Arten nach der Begattung sterben und die Weibchen danach ihre Flü-

gel verlieren würden. Danach seien sie Königinnen und gründeten ein eigenes Reich, Wenn dann aus den befruchteten Eiern Larven geschlüpft seien, müßten die armen Arbeiterinnen – die nicht vollständig entwickelt seien – diese ernähren. Dazu müßten sie alles beschaffen, was dazu dienen könnte, deren Überleben zu sichern. Den ganzen Tag über würden sie daher hin und her rennen, um tote Insekten, Larven und alles mögliche einzusammeln. Diese Lasten, die sie schleppen müßten, würden weit ihr Körpergewicht übersteigen. Darüber waren die Kinder dann recht traurig und fanden das alles sehr ungerecht.

Nachdem sie sich dann etwas ausgeruht hatten, sahen sie ein schönes Haus und davor in einer eingezäunten Wiese drei grasende Esel. Nun wollten sie nur höchstens noch eine halbe Stunde wandern, denn danach war es wirklich Zeit, den Heimweg anzutreten. Erfrischt und erholt ging es dann auf holprigen Wegen weiter. Doch welch seltsamer Vogel hockte dort am Wegesrand? Einen solchen hatten sie bisher noch nirgendwo entdeckt. Als sie näher kamen, flog er erschreckt hoch und nun war es Thilo, der über alles genauestens Bescheid wußte. Stöberte er nicht in seinen Schulbüchern herum, nahm er sich allemal das Lexikon zur Hand und da er ein gutes Gedächtnis hatte, blieb viel von dem Erlernten erhalten. Sie entdeckten nämlich am Rand einer Wiese ein Wespennest, was aus zerkauten Pflanzen zusammengebastelt war, in dem sich nur einige wenige, 1-2 cm lange, mit einem schwarz-gelben Hinterleib versehene Wespen befanden, die dem Tod näher waren als dem Leben. Das Nest war total zerstört und die Spuren eines langen Hackschnabels waren noch zu sehen. Thilo sagte aufgeregt: „Das war ein Wespenbussard, der ernährt sich von Hornissen und Wespen, kann sehr groß werden!“ Nun war auch dieses Rätsel gelöst. Wie doch die Penne ab und zu recht nützlich sein konnte. Im Eilschritt ging es dann aber nach Hause. Dort warteten bereits alle auf sie, denn die Pizza stand schon im Backofen und alle freuten sich auf das leckere Essen. Beim Verzehren desselben erzählten sie aufgeregt und durcheinander, was sie alles erlebt und gesehen hatten und die Fragerei nahm kein Ende. Köstlich schmeckte es allen, denn die frische Luft hatte hungrig gemacht. Ihr Teint war mittlerweile von Sonne und Wind bräunlich gefärbt, was ihrem Gesicht eine gesunde Farbe verlieh.

Anderentags gelangten sie auf eine Wiese, die über und über mit Gülle bedeckt war und auf einem abgefaulten Baumstamm saß ein kleines Grasmännchen, was ganz herzzerreißend weinte und klagte und sich gar nicht mehr beruhigen konnte, denn alle Gräser waren gelb. Wiesenknöterich, Gänseblümchen, Spitz- und Taubwegerich, Margeriten, Tausendgüldenkraut, Schlüsselblumen, Sauerampfer, Knabenkraut, Männertreu, Akelei, Teufelskrallen, Donnerblumen, Kleines Waldvögelein, Fingerhut, Hasenbrot, Augentrost, Herbstzeitlose, Frauenmantel, Hahnenfuß, Wiesenschaumkraut und alle anderen Blumen und übrigen Gräser ließen ihre Köpfchen hängen, denn, wie das Grasmännchen ihnen erzählte, hatte der Bauer es mit seinem Düngen maßlos übertrieben. 4-mal hatte er gemäht, jedes mal danach Gülle und Kunstdünger darauf gestreut und das 10-13 mal im Jahr. Waren das Heu oder Silofutter eingefahren – von dem die Kühe süchtig wurden – mußten die zarten Pflänzchen und Halme sich wieder schrecklich anstrengen und schnell wachsen, denn sonst wurde der Bauer zornig und böse und sie bekamen erneut eine Ladung Gülle übergesprüht, daß ihnen die Luft zum atmen verging. Das lief nun schon in diesem Tempo über viele Jahre lang und immer wieder hoffte das Grasmännchen, daß die Menschen endlich zur Einsicht kämen und nicht nur immer an ihren Profit dächten, doch er hoffte vergeblich. Alle Vögel und übrigen Tiere stimmten in das Wehgeschrei des Grasmännchens ein, weil ihre Nahrungsquelle versiegt war, denn keine Käfer, keine Raupen und Würmer waren mehr am Leben und die Grasmücken, die ihr Nest sorgfältig ausgepolstert hatten – bevor sie ihre Eier legten – zeterten, weil alle die schönen Eier mit Gülle übersprüht waren. Nun war es unmöglich, diese noch auszubrüten. Und erst die wunderschönen bunten Schmetterlinge, von denen schon viele Arten ausgestorben waren und die wenigen, noch übriggebliebenen fanden kaum mehr Nahrung.

Nun war alles Leben auf der Wiese gestorben und das Grasmännchen fürchtete sich sehr vor dem mißgebildeten Ungeheuer, was so wütend über seine Mißbildung war – und nur auf den Tag gewartet hatte – als alle Pflanzen starben, um alle Felder, Wiesen und Auen in seinen Besitz zu nehmen. Erst in der Nacht hatte das Grasmännchen dieses beobachtet, als es händereibend durch die Wiese schlich und unheimliche Flüche ausstieß. Danach streute es – in gebückter Haltung – allerlei Samen aus und schon tauchten an einigen Stellen mißgebildete Stängel auf, die Auswüchse nach allen Seiten hatten und eine ätzende Flüssigkeit absonderten, die Gefahren heraufbeschworen, deren Ausmaße noch gar nicht auszudenken waren. Über diese Aussagen waren die Kinder so bestürzt, daß auch sie ihre Tränen nicht mehr zurückhalten konnten. Lange saßen sie, in Gedanken versunken, schweigend und traurig am gleichen Fleck, doch als sie

ihren Blick wieder auf das Männchen richten wollten, war dieses lautlos verschwunden. In diesem Augenblick schworen sie sich alles zu tun, um diese einst so schöne Welt zu retten.

Dann kamen sie an Schrebergärten vorbei und freuten sich, weil dort die Besitzer noch kein Unkrautvernichtungsmittel angewendet hatten und alles Unkraut noch mit der Hand jäten. Sie hatten auch in ihren Gärten den wunderschönen Sommerflieder, wo die Kinder zwischen 60 und 80 Schmetterlinge zählen konnten. Wie glücklich waren sie darüber, daß sich so viele von ihnen dorthin gerettet hatten. Wenigstens diese blieben am Leben. Es war ja auch so, daß sich infolge des Aussterbens mancher Vögel und Insekten, Milben, Zecken und Blattläuse ausbreiten konnten. Die Bäume klebten überall voll von Blattläusen, weil die wenigen Vögel und Ameisen diese ja gar nicht auffressen konnten. Hunde und Katzen, auch die Menschen hingen voller Zecken, von denen einige ganz schön gefährlich sind, weil sie die berüchtigte Meningitis (Hirnhautentzündung) übertragen können. Es war wirklich an der Zeit, daß gewissenhafte Menschen das „Sagen" bekamen und diesem Frevel in der Natur ein Ende setzen – und wenn es nicht anders ging – mit Maßnahmen und harten Strafen. Auch wußten Carmen und Thilo, daß nicht dem Mensch allein die Natur gehört, sondern jeglicher anderen Kreatur. Wenn der Mensch, die Krone der Schöpfung sein wollte, dann mußte sie auch dieser Würde gerecht werden, wie zum Beispiel die Angehörigen der Königshäuser, von denen man ja auch erwartet, daß sie ein gutes Beispiel geben.

Die Kinder stellten auch fest, daß die Bauern ihr Gras nicht mehr alle zu Heu machten, sondern halbtrocken in Silos gab – wo es zu gären begann – und überall in der Umgebung roch es danach säuerlich. Sie sahen auch, daß Gartenbesitzer ihr gemähtes Gras der Vorgärten in die Biotonne gaben. Die Kühe eines Bauern waren aber schon so süchtig von dem Silofutter, daß sie brüllend vor die Biotonne rannten und sich erst dann entfernten, als man ihnen davon zu fressen gab. Aber die Milch bekam einen eigenartigen, herben, strengen Geschmack, sie war nicht mehr so lieblich und süß wie früher, auch die Butter schmeckte nicht mehr so köstlich.

Ein einsames Haus voller Schrecken

Einer der letzten Ferientage war im Anzug. Als die Kinder auch ein Wochenende dazu nutzten, ziellos durch die Wälder zu streifen – immerzu den Gedanken im Hinterkopf, etwas Außergewöhnliches verpaßt zu haben. Vielleicht waren sie aber auch der Meinung, irgend etwas auf der Spur zu sein, was nur sie imstande wären zu entschlüsseln. Schon Monate zuvor, hatten sie in einem entlegenen Waldstück ein Gebäude entdeckt – inmitten von Stauden und Gebüschen – zwar nichts Auffälliges, eher erinnerte es an die Klause eines Eremiten, doch was sie nicht ahnen konnten, offenbarte sich ihnen rein zufällig. Neugierig wie sie nun mal waren, nahmen sie dieses Haus in näheren Augenschein. Von außen war nichts abgeriegelt, keine Umzäunung, keine Wachen und keine Wachtürme, auch keine Beleuchtungen oder gar Alarmanlagen. Stutzig machte sie nur diese unheimliche Stille ringsum. Sicher, – so sagten sie sich – würde ein Einsiedler dieses Gebäude bewohnen, wäre er sicherlich damit beschäftigt, zu meditieren, vielleicht aber auch sammelte er Heilkräuter, Beeren und Pilze. Nur wenn das stimmen würde, müßten sie diesem Menschen doch irgendwann auf ihren langen Streifzügen durch die Wälder irgendwo mal begegnet sein. Fragen über Fragen, auf die sie keine Antwort fanden. Doch nun hellhörig geworden, vielleicht aber auch nur einfach neugierig, betraten sie dieses Haus, dessen Eingangstür offen stand und daher Einblick in den langgezogenen Flur gewährte, an dessen Seiten vier Türen waren, von denen drei offen, eine aber geschlossen war. Das machte sie aus einem ihnen unerklärlichen Grund stutzig. Die geöffneten Türen führten alle in normal eingerichtete Räume. In dem einen befanden sich ein kleiner Schrank und ein Bett, was aber nicht benutzt schien. In dem anderen war eine kleine Herdplatte, ein Tisch und vier Stühle. Im dritten hingen an Wänden und an der Decke Kräuter und Tees aller Art, selbst der Fußboden war damit belegt. Sollten sie sich getäuscht haben? „Hauste hier doch ein Einsiedler oder ein sonstiges Individuum? Vielleicht ein vom Leben Gestrandeter, der nur in der Einsamkeit seinen Frieden fand? Vielleicht auch einfach ein Heilkundiger?“ Doch ihre Neugier und ihr Mißtrauen waren nun mal geweckt. Als sie diesen Raum durchqueren wollten, pfiff urplötzlich aufkommender Wind, während sich die Gardinen bauschten und mit einem Knall fiel die Tür ins Schloß. Auf leisen Sohlen schlichen sie hinaus, gelangten in einen blühenden Garten, der dann durch einen Jägerzaun abge-

grenzt war. Als sie enttäuscht und verärgert das Gelände wieder verlassen wollten, sahen sie diesen komischen Kasten, halb verborgen hinter einer Blumenstaude. Von vorne sah er wie eine normale Kiste aus, doch als sie die hintere Seite betrachteten, entdeckten sie zunächst nur einen feinmaschigen Draht, der erst den Einblick in das Innere verhinderte. Dann aber, als sich ihre Augen an das Dunkel im Innern der Kiste gewöhnt hatten, erstarrten die Kinder zu Bildsäulen. Dort befanden sich zwei winzige, zwergähnliche Gestalten, kaum 12 cm groß, mit einem unförmigen Körper und einem klobigen Etwas, was wohl Füße andeuten sollte, an denen aber der Ansatz von Krallen erkennbar war. Der Mund war breitgezogen und sabberte. Das Gebiß war vollständig entwickelt, doch die Zähne standen etwas vor und waren gefletscht.

Diese beiden Kreaturen ähnelten sich wie Zwillinge, aber auch unverkennbar diesem bösartigen Zwerg, der ihnen soviel Schrecken eingejagt hatte. Zunächst dachten sie, es könnten sich um Mißgeburten handeln, doch dann wußten sie gar nicht mehr, was sie eigentlich noch denken sollten. Schließlich erkannten sie, daß diese Ausgeburten voller Angst waren, denn sie zogen sich erschreckt in den hintersten Winkel zurück, während sie zudem noch angstvolle Töne ausstießen. Noch während sie im Begriff waren, diesen unheimlichen Ort zu verlassen, sahen sie wiederum etwas Schauerliches, nämlich eine weitere Kiste – gefüllt mit Reagenzgläsern – in denen sich geschlechtlose Gestalten befanden.

Des Rätsels Lösung schien greifbar nahe zu sein und es dämmerte den Kindern, daß es sich hier um ein Versuchslabor handeln mußte. Schön getarnt, zunächst völlig unauffällig und darum so gefährlich. Hier schienen also Monster gezüchtet und auch geklont zu werden. In was hatten sich da hochmütige Menschen verstiegen? Sie, die so etwas ausgetüftelt hatten, mußten hochintelligent sein und gleichzeitig eiskalte, berechenbare Charaktere, die wahrscheinlich mit Embryos ihre Versuche unternahmen? Doch welche Möglichkeiten standen denen zur Verfügung, an Embryos zu gelangen? Es konnte doch nicht sein, daß Frauen, oder gar Mütter, sich zu so etwas hergaben, oder doch? Für Geld tun ja viele fast alles! Die Kinder wagten nicht laut zu sprechen aus Furcht, ihre Anwesenheit könnte doch noch entdeckt werden, denn irgendwo mußten sich diese Typen ja aufhalten. So taten sie scheinbar gleichgültig, schlenderten noch etwas im Garten einher, doch als sie außer Reichweite des Hauses waren, suchten sie blitzschnell das Weite. Schnurstracks begaben sie sich zur nächsten Polizeistelle, wo die Beamten keine Zeit verloren, das Gebäude zu bewachen und zu beobachten, vor allem aber, das Haus von allen Seiten zu umstellen. Noch war alles ruhig, nichts schien sich verändert zu haben. So ohne weiteres durften sie auch nicht mit Gewalt auf das Grundstück vordringen, denn dazu benötigten sie einen Durchsuchungsbefehl. Doch waren diese armen Geschöpfe nicht Beweis genug? Das aber mußte erst von amtlicher Seite aus geklärt werden. Wenn die Natur, diese Mißgeburten geschaffen hat, konnte kein Bürger verdächtigt werden. Doch wer wußte das schon? Doch zögerten sie zu lange, bekamen diese Typen vielleicht Wind und verschwanden still und leise von der Bildfläche, waren auf und davon und sie hatten das Nachsehen. Genauso war es dann schließlich auch. Nachdem endlich grünes Licht gegeben worden war, entdeckte die Polizei in einem ausgedienten Stollen, ein regelrechtes Versuchslabor. Den Kindern wurde ein besonderes Lob ausgesprochen, worauf sie auch mächtig stolz waren, doch lieber wäre ihnen gewesen, wenn das alles nur ein böser Traum gewesen wäre, oder man hätte diese Verbrecher dingfest machen können. Die Angst war nun ihr ständiger Begleiter. „Waren sie gesehen worden, als sie sich auf dem Gelände bewegten und alles versuchten auszukundschaften?“

Um sich ein bißchen abzulenken, oder auch nur für einige Augenblicke auf andere Gedanken zu kommen, liefen sie eine kleine Strecke, als sie in eine Landschaft kamen, die jäh anstieg, doch die Luft war angenehm kühl, so, als wehe vom Meer eine leichte Brise. Seltsame Vögel kreisten am Himmel, der plötzlich von eigenartigen Wolkenfetzen durchzogen war, die bläulich violett schimmerten. Zusehends wurde es dunkler und dunkler, sodaß man nur noch im Luftzug den Flügelschlag dieser Vögel wahrnehmen konnte. So erkannte man, daß sie sich noch nicht entfernt hatten. Der Boden wurde klitschig und feucht, jeder

Schritt wurde zur Qual. Dann lichtete sich zusehends die Wolkenwand und geheimnisvolle Wesen huschten vorbei, die sich mit Pfeiftönen bemerkbar machten, die sich aber wie ein Zischen anhörten und deren Flügelschlag einen Sturm auslöste, der die Erde bebend machte und jegliche Kreatur in Panik versetzte. Plötzlich prasselten Hagelkörner – welche die Größe von Hühnereiern hatten – auf sie hernieder. Ihr Kopf schmerzte und die Kinder versuchten ihn mit ihren Händen und Armen zu schützen. In diesem Chaos von Urgewalten hörten sie eine feine Stimme, so fein, wie die eines verängstigten, eingeschüchterten Kindes, was in Not war. Ihre Gesichter waren – trotz der aufgekommenen Kälte – von Schweißperlen übersät. So, wie der einsetzende Hagel begonnen hatte, endete er auch, doch diese seltsame Stimme war immer noch zu vernehmen, obwohl es schien, daß sie sich von Zeit zu Zeit in der Ferne verlor. Die Kinder, zu Hilfsbereitschaft erzogen, aber auch zur Vorsicht ermahnt, warteten zunächst alles weitere ab. Eine Weile war alles ruhig, der Sturm hatte schon lange nachgelassen und von Zeit zu Zeit lugte sogar die Sonne für wenige Augenblicke, zwischen den sich immer weiter auflösenden Wolkenfetzen hervor. Schon wieder vernahmen sie diese feine Stimme, doch nun gab es kein Halten mehr; sie mußten ihr einfach nachgehen, mußten in Erfahrung bringen, wer da Hilfe brauchte. Thilo meinte. „Vielleicht sind wir einem Geheimnis auf der Spur!“ Und Carmen fand das gar nicht so abwegig, hatten sich doch schon des öfteren seltsame Ereignisse abgespielt.

Als sie sich einem kleinen Hügel näherten sahen sie eine Gestalt, die im Inneren dieser Anhöhe plötzlich durch einen winzigen Spalt verschwand. Nun, äußerst neugierig geworden, krochen sie vorsichtig an denselben und lauschten angespannt. Sie vernahmen mehrere dieser zarten Stimmchen, doch in einer ihnen unverständlichen Sprache. Dann konnten sie beobachten, daß sich im Inneren merkwürdige Glasschränke befanden, in denen kleine Wassertümpel waren, worin winzige Babys herumschwammen, deren Köpfe wie die der Kaulquappen aussahen, doch diese waren von Borsten übersät. Das Gesicht war voller Warzen und am hinteren Teil ihres Körpers war der Ansatz eines Schwanzes erkennbar. Dann waren dort kleine Hängematten, auf denen ähnliche armselige Kreaturen – mit vor Angst geweiteten Augen – lagen, die sich kaum bewegen konnten. Um all das war ein Maschendraht gezogen, damit auch keines dieser Wesen entkommen konnte. Des Rätsels Lösung schien in greifbare Nähe zu rücken. Auch hier schien es sich um eine Art Labor zu handeln und das seltsame Wesen mit der zarten Stimme, hatten Carmen und Thilo darauf aufmerksam machen wollen. Hier tat Eile not. Den Kindern war es unmöglich, sich durch diesen Spalt hindurchzuschlängeln, doch wie mochten diese Forschungsmonster hinein gelangt sein? Lange Zeit umliefen die Kinder vergeblich diesen Hügel, doch so sehr sie auch suchten, ein Eingang war nicht zu entdecken. Dieser mußte sorgfältigst getarnt sein. Sie mußten einfach dahinter kommen – koste es an Zeit, was es wollte. Es waren ja Ferien und Zeit hatten sie mehr als genug. Nun versteckten sie sich in einem wirren Gestrüpp – vollkommen unentdeckbar – denn alles war mit Ranken und Blättern verwachsen. Irgendwann mußten ja diese unangenehmen Typen auftauchen, um die Babys mit Nahrung zu versorgen und um nach dem Rechten zu sehen. Die seltsamen Wesen schienen nur in den Raum hineingeschlüpft zu sein, um alles zu beobachten. Sie hatten keine Schwierigkeiten – wäre Gefahr im Anzug – sich schleunigst aus dem Staub zu machen.

Wohl mehr als 2 Stunden vergingen. Carmen und Thilo hatten Zeit und Raum vergessen – und in ihrem doch etwas unbequemen Versteck – wurde es ihnen doch etwas langweilig. Plötzlich vernahmen sie Huftritte. Zwei garstig aussehende Individuen kamen auf einem schwarzen Rappen angeritten. In den Satteltaschen steckten Boxen, ein Arzneischränkchen, mehrere Reagenzgläser, sowie Flaschen mit einer grünlichen Tinktur. Jetzt war – wären auch nur kleinste Zweifel vorhanden gewesen – alles klar. Dann sahen sie, daß sich einer der Kerle an einem Strauch zu schaffen machte, diesen aus der Erde hob und danach eine Bodenblatte aushub. Das mußte der Eingang sein. Als die Strolche hineingeklettert waren, markierten sie schnell ihr Versteck unauffällig – nur für sie erkennbar – und in Windeseile ging es heimwärts. Aber unterwegs im nächstgelegenen Ort vergaßen sie nicht, die Polizei zu alarmieren, die sich mit der Kripo in Verbindung setzte und am darauffolgenden Tag – denn heute war es schon zu spät – mußten die Kinder dort erscheinen – natürlich holte man sie mit dem Wagen ab – um ihnen den Weg zu weisen. Dieses Nest mußte auf frischer Tat ausgehoben werden. Es war anzunehmen, daß noch mehr dieser versteckten Labore im Wald vorhanden waren.

Recht lange mußten sie anderentags auf der Lauer liegen, bevor die Gäule mit ihren Reitern erschienen. Die Polizei hatte sorgfältig alle Spuren verwischt und waren von rückwärts an die Stelle des Verbrechens gelangt. So hatten die Polizisten kaum Schwierigkeiten diese dingfest zu machen, denn sie wurden total überrumpelt. Nach endlos langen Verhören kam heraus, daß einer von ihnen sogar aus Polizeikreisen kam. Die Recherchen ergaben, daß es sich um eine ganze Bande handelte, von denen jedoch leider zwei von ihnen kurz vor der Verhaftung entkamen, weil sie von irgendwo her gewarnt wurden. Das war bitter, denn so mochten diese nun weiter ihr Unwesen treiben.

Träge hing die Mondsichel am sternenklaren Nachthimmel, als die Kinder müde und erschöpft in ihre Betten sanken. Es war ein Tag – einer der vielen bisher erlebten – an dem trotz allem Erfolg, für die Kinder eine Welt zusammenbrach, die, so glaubten sie, noch vor nicht allzu langer Zeit, noch in Ordnung war. Wie sorglos und langweilig erschienen ihnen nun die vorausgegangenen Jahre, doch nun war eine Zeit angebrochen, eine Zeit voller Geheimnisse, Schrecken aber auch des Wissens, daß über all dem schützende Mächte Wache hielten, damit nicht das Böse die Oberhand gewann. Sie glaubten sich auch sicher zu sein, daß die Zeit der Erneuerung in immer größere Nähe rückte und daß man auf Schritt und Tritte dieser gegenwärtig sei. Wohl keiner ihrer Schulkameraden hatte soviel erlebt wie sie beide. Einige von ihnen protzten nur mit den weiten Reisen in ferne Länder, von teuren Hotels, gutem Essen und Sonnenschein unter Palmen, nicht zu vergessen der chicen Wagen. Das war wohl für diese recht amüsant und lebenswert, doch nicht zu vergleichen, mit ihren Abenteuern und dem Wissen, eine Welt betreten zu haben, die einmalig ist.

Im Schlafzimmer kramten sie ihren kostbaren Stein aus dem Versteck. Dieser glitzerte und gleißte in vielen bunten und prächtigen Farben. Sie hatten ihn in den Tagen zuvor gänzlich vergessen. Morgen nun, sollte er sie wieder begleiten und – aufgeregt wie sie nun mal waren – konnten sie das frühe Morgenrot kaum mehr erwarten. Den Wecker hatten sie sich gestellt – für alle Fälle – was jedoch nicht nötig gewesen wäre, denn lange, bevor noch die Kirchturmsuhr schlug, waren sie schon wach. Den Eltern hatten sie dieses Mal die lange Wanderung angekündigt. Doch dann erfuhren sie noch von den Eltern, daß ganz in der Nähe ein kleines Mädchen zur Welt gekommen sei, dessen Schönheit nicht zu übertreffen wäre. Der Sache mußten sie nun auch noch auf den Grund gehen. Die Nachbarin sagte, daß die Mutter, ein noch blutjunges Mädchen, von ihrem Schatz sitzengelassen wurde. Was das genau bedeutete wußten sie nicht, konnten es sich aber dann denken als es hieß: „Sie habe ihm die Pest an den Hals gewünscht." Dessen Verhalten war ja auch unbegreiflich, weil sie nun mit dem Kind ganz alleine da saß. Sie waren voller Neugier und Mitleid, deshalb besuchten sie auch dieses Mädchen, doch als sie an die Wiege des Kindes treten wollten, lag rechts davon ein zähnefletschendes Ungeheuer mit zwei Schwänzen und wackelnden Ohren, was knurrende Laute von sich gab. Die Mutter aber, voller Sorge um ihr Kind, nahm in ihrer Todesangst all ihren Mut zusammen und herrschte die Bestie an mit folgenden Worten: „Weiche, weiche!" Da erkannte sie für einen kurzen Augenblick in ihr die Züge ihres Bräutigams und wurde von Mitleid erfüllt. Das Tier aber zog die Schwänze ein und verschwand so schnell, wie es gekommen war. Jedoch das Ungetüm, noch der junge Mann wurden seitdem jemals wieder gesehen. „Ob beide verhext wurden?"

Wie immer ging es auch heute verstärkt nicht ohne viele Ermahnungen ab; nur ja nicht vom Weg abzuweichen, um die Orientierung nicht zu verlieren, keine Wiese mit geschlossenem Gatter zu betreten, denn wie leicht könnte ein wütender Stier sie angreifen. Am wichtigsten sei jedoch, allen Fremden aus dem Wege zu gehen, die gar oft nichts Gutes im Schilde führten. Mit vielen Beteuerungen und den Segenswünschen der Eltern ging es los über Stock und Stein, bergab und bergauf, über Hügel und Schluchten, einem völlig unbekannten Ziel entgegen. Ihr Stein war wohlbehütet im Rucksack und es schien, daß er immer schwerer und schwerer wurde. „Was sollte nun das wieder bedeuten?“ Sie wechselten sich mit dem Tragen ab, doch die Wege wurden immer beschwerlicher und diese unbeschreibliche Angst, die plötzlich wieder von ihnen Besitz nahm, stieg ins Unermeßliche. Woher kam nur dieses unbestimmte Gefühl und die Unruhe, die sich ihrer bemächtigte?

Glisse hatten sie schon lange nicht mehr gesehen. Seine ganze Erscheinung strahlte immer Helle und Zuversicht aus. Sie hatten ihn als ein Lichtwesen in Erinnerung unter dessen Schutz sie sich stets geborgen und behütet fühlten.

Der böse geifernde Zwerg wurde von einem Adler hinweggetragen. Von den Außerirdischen hatten sie nie wieder etwas gehört und auch der gutmütige Zwerg schien vom Erdboden verschluckt zu sein. Aber ein innerer Drang trieb sie unaufhaltsam vorwärts – immer weiter – bis sie schließlich in die Nähe einer Ruine gelangten, in die sie aber nur zaghaft hineingingen. War es Neugier oder ein Zwang? Sie wußten es nicht. Im Inneren dieser alten, fast gänzlich zerstörten Überreste früherer Kultur, hörten sie seltsame Geräusche, bevor sie noch umherschwirrenden Geister erblickten, die aus allen Richtungen kamen und wie ein Spuk auch wieder verschwanden. Ob es sich um getarnte, böswillige Wesen handelte, wußten sie nicht zu sagen, wie auch? Sie wurden auch nicht verfolgt, als sie fluchtartig diese unheimliche Stätte verließen.

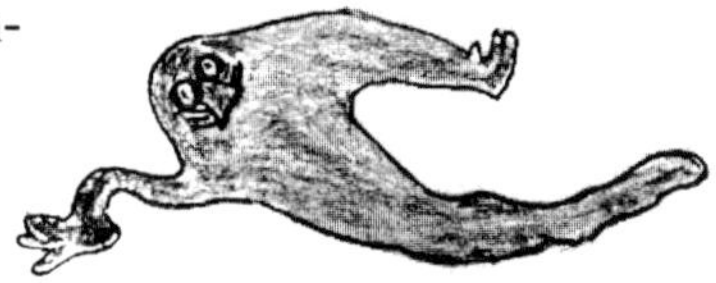

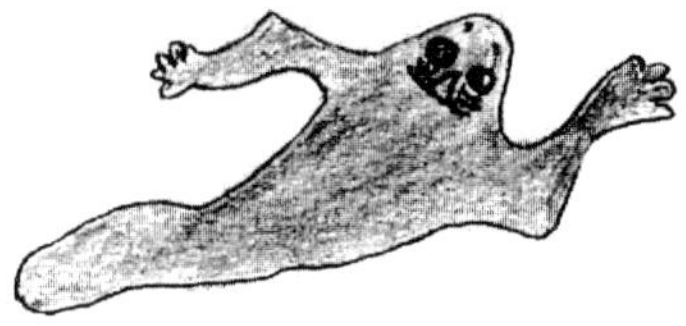

Die erneute Warnung der Außerirdischen

Dann sahen sie, wie vom Himmel gefallen Glisse, dann sein Gefolge, nachdem sie die ihnen längst vertrauten Schritte nur kurz vernommen hatten. Wieder deutete er ihnen mit Zeichen und Gesten an ihm zu folgen. Noch benommen von all den vorausgegangenen Ereignissen, steckte ihnen die Angst und der Schrecken noch in den Gliedern und im Nacken, doch sie folgten ihm vertrauensvoll. Plötzlich war er wieder verschwunden, als sie in einer Mulde angelangt waren, wo sie in letzter Minute ein Ufo entdeckten mit Gestalten, schöner denn je und als sie aus vergangenen Tagen in Erinnerung hatten. Wieder bat man sie einzusteigen und wieder wurde ihnen ein überaus köstliches Mal serviert, dazu Getränke in silbernen und goldenen Bechern. Auch eine neue Mahnung erschien auf dem bildschirmähnlichen Gerät. Sie lautete:

Wir haben alles in unserer Macht stehende getan, die Menschheit wachzurütteln und zu warnen. Sie ist verbohrt und uneinsichtig. „Weshalb achtet sie nicht die Gesetze eines höheren Wesens und die der Natur? Was ist in sie gefahren?“ Zählt nur noch das Geld, Ansehen und Wohlstand? „Solange der Hochmut anhält, wird es auf dieser Erde keinen Frieden, keine Besserung geben!“ Sie achtet weder das Leben der Menschen, noch das der Tiere und erst recht nicht, das der Pflanzen. Sie ist unersättlich, gierig und verschwenderisch, kalt und ohne Gefühl geworden. Ihr müßt damit anfangen, bescheidener und rücksichtsvoller zu werden und ihnen allen ein Beispiel geben. Das sollten eigentlich die Älteren gegenüber den Jüngeren tun, doch dazu scheinen sie nicht mehr gewillt zu sein. Beginnt ihr damit, denn nur so habt Ihr noch eine kleine Chance. Danach wurden sie von einem Ufo zurückgetragen bis nahe des Froschweihers, wo es seltsam ruhig und still war, so, als hätte sich die Natur vor Ehrfurcht gebeugt.

Lange verharrten die Kinder – in Gedanken versunken – auf dieser ihnen wohlvertrauten Wiese und überlegten, wie sie dazu

beitragen könnten, die Welt zu verbessern? Sie waren bereit den Anfang zu machen und damit wollten sie schon am kommenden Tag beginnen.

Ihre erste Aufgabe bestand darin, nur so viel auf ihre Teller zu häufen, daß kein Brot und Fleisch, überhaupt keine Essensreste sinnlos in die Mülltonne wanderten. Danach sammelten sie alte Colaflaschen und Gegenstände aus Plastik auf, die überall in Wiesen und Wäldern gedankenlos weggeworfen wurden und nicht verrotteten. Es war bekannt, daß ein armer Hund beinahe erstickt wäre, der in einer solchen Plastiktüte etwas Freßbares fand – danach in Panik geriet – weil er nicht wußte, wie er den Kopf aus derselben herausziehen konnte. Glücklicherweise fand ihn ein kleiner Junge noch rechtzeitig, als dieser schon ganz apathisch am Straßenrand lag, nach Luft schnappte, weil er dem Ersticken nahe war. Dankbar leckte dieser ihm die Hände und das Gesicht, als er ihn von dieser entsetzlichen Qual befreit hatte.

Dann gaben sie in der Schule nicht mehr so entsetzlich mit ihren neuen, teuren Klamotten an und verlachten auch nicht mehr diejenigen, die aus bescheidenen Verhältnissen kamen. Keine Blume und kein Insekt zertraten sie mutwillig, denn sie wußten inzwischen, daß alle ein Recht auf Leben haben. Ganz allmählich lebten sie bewußter, nicht mehr so gedankenlos und daher konnten sie sich auch an einem Maikäfer oder einer Blume erfreuen, ohne daß sie diese besitzen mußten. Im Haus räumten sie ihre Zimmer selbst auf, ebenfalls das Wohnzimmer, damit die Putzfrau – die ihre Eltern inzwischen nicht mehr entbehren konnten – etwas mehr Zeit für ihre Familie hatte. Auch trugen sie Prospekte aus, für die sie leider unterbezahlt wurden und nur ein paar Cent erhielten, doch sie waren sich ihrer Verantwortung bewußt. Einen Teil ihres nun verdienten Geldes gaben sie zwar weiterhin für sich aus, hatten es ja ehrlich verdient, doch einiges wanderte auf das Sparbuch. Hin und wieder hatten sie auch einen Euro übrig für ein Eis, was sie einem ärmeren Klassenkameraden spendierten und dem sie auch bei den Schulaufgaben halfen, denn manche Kinder haben es mit dem Lernen doch etwas schwerer als andere. Und nach einer guten Tat wa-

ren sie viel zufriedener. So hatten sie nach einiger Zeit ihre Lebensweise von Grund auf umgekrempelt. Es waren keine gravierenden Einschnitte wie sie dachten, doch immerhin waren sie auf dem Weg etwas zu ändern, was schon lange Zeit nicht in Ordnung war. Sie dachten jetzt mehr über alles nach, bevor sie etwas entschieden und lebten nicht mehr so oberflächlich in den Tag hinein, wie sie es bisher gehalten hatten. Sie waren sich nicht einmal bewußt, daß sie sich gebessert und geändert hatten, doch andere lernten von ihnen und taten es ihnen gleich. Auch zu ihren alten Schulfreunden hatten sie wieder eine bessere Beziehung. Auch die Großeltern waren nun nicht mehr einfach nur die „Alten", sondern sie nahmen auch wieder manchen Rat von ihnen an, denn gar so dumm, wie sie bisher geglaubt hatten, waren die gar nicht. Sie bezogen sie auch mehr mit in ihr Leben ein, was zur Folge hatte, daß diese ihren normalen Alterungsprozeß gar nicht so schlimm empfanden und wieder mehr Freude am Leben hatten.

Wieder war einer jener frühsommerlichen Tage, wo Sonne, frische Luft und Unternehmungsgeist die Kinder aus ihrer Stube lockten. Die Bücher waren alle verschlungen, den Herrn der Ringe hatten sie wieder hervorgekramt seit bekannt war, daß er verfilmt wurde. Diesen Film mußten sie sich unbedingt ansehen, auch wenn er drei Stunden ohne Unterbrechung lief. Harry Potter – Bücher waren immer noch „in", doch keinerlei Schundliteratur befand sich in ihren Regalen. Der Fernseher brachte zur Zeit nur öde langweilige Sachen. Sie hatten auch keine Lust, nur immer vor der Glotze zu hängen, denn das war absolut nicht ihr Ding. Skatspielen konnte außer ihnen keiner in der Umgebung, höchstens die Erwachsenen. Mühle und Dame waren ätzend. Kamen, wie so oft Gäste ins Haus, zogen sie sich nach einiger Zeit meistens unauffällig in ihre Zimmer zurück. Dann wurden alle ihnen bekannten Bücher und Kassetten durchgekaut. Sie hatten oft darüber unterschiedliche Meinungen, doch trotz ihrer Jugend erkannten sie sehr wohl, den jeweiligen sittlichen Wert. Sie konnten recht gut zwischen Schund und guter Literatur unterscheiden. Doch heute war ihre Weisheit erschöpft und was blieb ihnen denn anderes an Interessantem, als sich an der Natur zu erfreuen? Vielleicht lief ihnen ja der Osterhase über den Weg. Sie glaubten zwar schon lange nicht mehr daran, doch so ein paar Ostereier waren nicht zu verachten. Doch da kam ihnen die erlösende Idee: „Ins Kino könnte man gehen und sich den Film: „Der Untergang der Titanic" ansehen." Von dem Hauptdarsteller „Leonardo di Cabrio" hatten sie doch schon so viel gehört. Die Ferien waren sowieso wieder bald vorbei und dann blieb nur noch vor lauter Pauken wenig Zeit für Ausgelassenheit, Frohsinn und Blödsinn – auch ernsten Sachen.

Abenteuer über Abenteuer

Frohgemut zogen sie ihres Weges, mit Proviant für den ganzen Tag ausgestattet und der Regenumhang war auch für alle Fälle mit im Rucksack. Der Froschteich lag ruhig da. Es war ja auch noch sehr früh am Tag. Eben erst hatte sich das Morgenrot verzogen und es war angenehm warm in der nun klaren, aufsteigenden Sonne. Sie hatten – wie so oft – kein bestimmtes Ziel ins Auge gefaßt, sondern ließen einfach alles auf sich zukommen. An einem Buchenhain zogen sie vorbei. Das gestreifte Fell eines kleinen Dachses war nur für wenige Augenblicke sichtbar, bevor es sich im Laub verlor. Auf einer Weide graste friedlich ein Pferd.

Wenig später kamen sie an einem Fuchsbau vorbei, der aber unbewohnt zu sein schien. In den Fichten turnten zwei possierliche Eichhörnchen. Der Tag fing ja gut an, ganz nach ihrem Sinn. So dürfte es den lieben langen Tag weitergehen, sie hätten nichts dagegen.

In einem kleinen Tannenhain stießen sie zufällig auf einen etwas verschrobenen Mann, der beim Beeren- und Pilzesammeln war. Da fiel ihnen ein, daß man sich schon länger von einem solchen seltsamen Mann erzählte, er könne Geister vertreiben, hätte sich auch mit der fernöstlichen Weltanschauung vertraut gemacht. Vielleicht war das aber auch nur Zufall oder Täuschungsmanöver. Es waren ja eigenartige Dinge geschehen. „Eine Katze war mit zwei Köpfen geboren worden. Einem Hahn wuchs auf dem roten Kamm eine goldene Krone und einer Milchkuh war das Euter so sehr gewachsen, daß es bis auf die Erde reichte. Die Magd mußte diesen erst immer anheben, bevor sie mit dem Melken begann. Das war sehr zeitraubend und hinzu kam, daß dieser, auf Grund des auf dem Boden Schleifens, immer über und über verschmutzt war, und daher abgewaschen werden mußte, denn wer hätte sonst an der Milch noch Appetit gehabt, wenn dieser Dreck in sie gelangt wäre? Die Dorfbewohner waren sehr verzweifelt, wußten sie doch so gar nicht, ob ihre Tiere verhext waren, oder was mit ihnen geschehen war. Die Kinder waren sich nun sicher, daß sie diesen Mann zufällig entdeckt hatten, markierten den Weg und rannten eiligst zur Polizei. Die Kripo stöberte lange in dessen Vergangenheit und fand heraus, daß dieser schon vor Jahrzehnten wegen unerlaubten Experimenten verhaftet worden sei, aber wegen guter Führung frühzeitig entlassen wurde. Sie fanden in seiner Klause versteckt, diverse Reagenzgläser, angefüllt mit hochgradigen Mixtinkturen und Giften, die auch den Alterungsprozeß stoppen sollten. Auch entdeckten sie geheime Formeln, die sie einem Experten vorlegten, der sie hoffentlich entziffern konnte. Um kein Tier unnötig zu quälen, nahm ein Polizist – der schwererkrankt war – und nur noch kurze Zeit zu leben hatte, ein Experiment an sich selbst vor. Da wuchsen ihm ein roter Kamm und er bekam eine Glatze von größtem Ausmaß. Der Klausner aber wurde verhaftet und seitdem geschah nichts ähnliches mehr in der Umgebung.

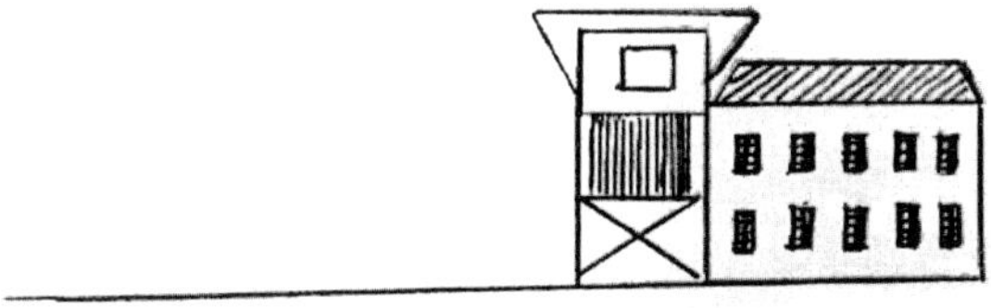

Dann aber sahen Carmen und Thilo eines Tages einen galoppierenden Reiter, der auf der Flucht zu sein schien, denn der Rücken des Pferdes triefte vor Schweiß. Ob der Kerl was ausgefressen hatte, oder schien es nur so? Schon kam eine Polizeistreife mit Rotlicht und Martinshorn, die seine Spur verfolgten. Nach einer kurzen Pause gelangten die Kinder in die Nähe eines Gefängnisses. Etwas mulmig wurde ihnen schon bei dessen Anblick, doch die Fenster schienen alle vergittert zu sein, so daß es einem Strafgefangenen schon schwerfallen mußte, auszubrechen. Doch diesen, wie ihnen schien abwegigen Gedanken hatten sie noch nicht zu Ende gedacht, als sie vor Schreck zusam-

menzuckten, denn sie sahen einen wütenden schnaubenden Stier, der im Begriff war, einen Ausbrecher anzugreifen. Dieser war durch eine am Fuß befindliche, nachziehende schwere Kugel behindert. Sie rannten, so schnell sie es nur vermochten und ihre kleinen Füße mithielten zum nahen Knast, um – Hilfe zu holen – die schneller zur Stelle war, als sie ahnten. Mit einer Betäubungspistole schossen die Wärter den Stier schachmatt und der Sträfling wurde abgeführt. Es war für ihn nur ein kurzes Gastspiel in der Freiheit gewesen und dazu noch ein lebensgefährliches.

Jetzt hatten die beiden sich aber eine Ruhepause verdient, auch meldeten sich Hunger und Durst. An Proviant war ja noch einiges vorhanden, daher war dies kein Problem. Es war doch eigentlich sehr viel, was sie heute nun wieder erlebt hatten und sie bereuten den Tagesablauf keineswegs. Gestärkt und ausgeruht durchquerten sie einen träge dahinfließenden Bach, um am anderen Ufer eine Böschung zu ersteigen, die über und über mit Buschwindröschen und Leberblümchen bewachsen waren. Die Blüten der Buschwindröschen waren weiße Sterne und die der Leberblümchen waren in einem zarten Blau. An den Tannenzweigen hatten sich neue, hellgrüne Spitzen gebildet und die Blüten der Weidekätzchen gingen schon in gelb über, weil die Blütezeit bald vorbei war. Bienen und Hummeln nahmen sich ihren Nektar, denn davon war reichlich vorhanden. Killerwespen kamen recht selten vor. Sie traten nur alle paar Jahre in Erscheinung und die Kinder hatten noch nie welche gesehen. Dann war wieder das Glück auf ihrer Seite, denn eine Füchsin (Fähe) kam mit ihren drei Welpen, die staksig auf ihren vier Beinen im Fuchsbau verschwanden. Nun blieb für Carmen und Thilo nicht mehr viel Zeit, doch schnell wollten sie noch am Zoo vorbeilaufen, um wenigstens einen Blick über den Zaun zu werfen. Während sie über die Absperrung blickten, bekamen sie noch eine Giraffe zu Gesicht und ab ging es im Eiltempo nach Hause, denn den Schulranzen mußten sie noch für den morgigen Tag packen.

Die radikale Wende

So wuchs langsam eine neue Generation heran, die es besser machen wollte als die Älteren und so gingen sie entschieden gegen Ausbeutung und Vergiftung der Natur vor, weil alle wieder Achtung vor dem Leben auf dieser Erde hatten. Das Böse konnte sich nicht mehr in vielerlei Gestalt zeigen und diese, so geschundene Erde erblühte neu in ihrer Vielfalt und Schönheit. Es wurden Gesetze verabschiedet, daß kein Unkrautvertilgungsmittel – oder Schädlingsbekämpfungsmittel – mehr angewandt werden durfte, denn das darin enthaltende „Nitrofen" baut sich nicht ab bei den Tieren, die damit durch den Genuß in Berührung kommen. Sie konnten es damals als Kinder nicht wissen, doch ihnen fiel des öfteren auf, daß manche Tiere an gewissen Futtermitteln lustlos herumkauten, bevor sie es infolge ihres Hungers dann doch aufnahmen. Selbst Hunde gingen oft nur zaghaft an das ihnen vorgelegte Fleisch. Wie hätten sie auch wissen können, daß diese Gifte das Blut zersetzen und schwerste Tumorbildungen hervorrufen könnten und welche gefährlichen Auswirkungen es erst auf das werdende Leben bei Mensch und Tier haben könnte. Doch nun ging man entschieden gegen diesen Mißbrauch vor und verlangte von jedem Biobauer, daß er nicht wahllos seine Produkte von irgendwoher bezog – weil es da vielleicht westendlich billiger war, was ja bekanntlich oft einen Haken hat – sondern alles sorgfältig überprüfte. Man legte es sogar den Bauern nahe, ihr Getreide wieder selbst anzubauen, um allem Schaden vorzubeugen. Ebenfalls war es weltweit keinem ausgedienten Öltanker mehr erlaubt, die Ozeane zu passieren. Zwar konnte die Luftverschmutzung nicht mehr gänzlich beseitigt werden, doch man hielt Maß in allen Dingen. Das Auto wurde nur noch benutzt, wenn es gar nicht anders zu vermeiden war. So vergrößerte sich auch nicht das Ozonloch und Allergien und Atemwegerkrankungen hielten sich in Grenzen. Mit ihrem guten Beispiel hatten die Kinder die Welt verändert. Fortan war kein Außerirdischer, kein Glisse oder guter Zwerg mehr nötig, um die Menschen daran zu erinnern, was gut oder böse sei, denn alle horchten wieder in sich hinein, nämlich auf die Stimme ihres Gewissens. Darüber vergingen zwar Jahre, doch ihre Mühe hatte sich gelohnt und trug Früchte.

So sahen sie wieder blühendes Land. Vögel zwitscherten wie einst in den Bäumen und Hecken und die Älteren schmunzelten und waren stolz auf die Jugend, die es nicht zugelassen hatte, daß es nur noch verbrannte, ausgebeutete und zerstörte Erde gab. Die gesamte Natur hatte einen Umschwung erhalten und sich erneuert.

Ein neuer Tag brach von Osten her an. Das Morgenrot zeigte sich in einer strahlenden Pracht. Im Froschteich war quicklebendiges Leben. Frösche quakten um die Wette und ihre starke Zunahme bewies, daß die Natur wieder intakt war. Auf den Wiesen blühte wieder Akelei, roter und weißer Fingerhut, Tausendgüldenkraut, Schafgarbe, Löwenzahn, das kleine Waldvögelein, Butterblumen, Vergißmeinnicht, Veilchen, Wiesenknöterich, Kornblumen, bunter Mohn, Männertreu, Frauenmantel und wie sie alle heißen. Was keiner für möglich gehalten hatte, geschah. Alles Leben in der Natur atmete auf, wie nach einem ausgiebigen Regenguß nach einer lang anhaltenden Dürre.

Carmen und Thilo sahen die Außerirdischen nicht mehr, doch eines Abends – als sie zu Bett gingen – erstrahlte am fernen Horizont – nur für sie sichtbar – ein helles Licht. Ihr Stein hatte nicht an Bedeutung verloren, doch nun war er mehr ein Stück Erinnerung und Vergangenheit. Das, was sie geschafft und erreicht hatten, mußte gehütet und gepflegt werden. Sorgsam war darauf zu achten, daß niemals wieder Größenwahnsinnige oder Ausgeflippte sich so verstiegen, daß sie in ihrem Hochmut und Wahn, ihre Grenzen überschritten.

So rückte auch für Carmen und Thilo die Zeit immer näher, daß sie sich über ihre Zukunft Gedanken machen mußten. Sie kamen ja schließlich nicht umhin, eine Entscheidung zu treffen. Lieber wäre ihnen schon gewesen, wenn der Alterungsprozeß nicht so wahnsinnig schnell vor sich gegangen wäre, doch wie hätten sie auch wissen können, daß jedes Alter seine schönen und weniger schönen Seiten hat. Ihre Kindheit war aber schließlich etwas ganz besonderes.

Entscheiden aber mußten sie sich so oder so; ob für ein Studium oder eine Ausbildung, eine Antwort mußten sie finden. Obwohl ihre Einstellung zu den modernen Problemen klare und kritische Formen hatte, waren sie sich keineswegs sicher, was in Wirklichkeit sinnvoll, erstrebenswert oder dienlich sein würde. Sie hatten zwar schon eine gewisse Reife erlangt, wußten auch schon mit Sicherheit was sie nicht tun wollten, nämlich: „Ihre Entscheidung von dem bestbezahltesten Job abhängig zu machen.“ Es mußte ein Beruf sein, der ihnen Freude machte, an dem sie mit Leib und Seele hingen. Sie wollten in nichts hinein-

gezwängt werden. Ihre Aufgabe sollte eine sinnvolle sein – entweder der Menschheit dienen, oder der Umwelt –. Natürlich spielten da die Fähigkeiten eine große Rolle – wahrscheinlich die wichtigste – doch sie mußten es allein entscheiden. Bei ihren Überlegungen, die zwar nicht ausschließlich ihr Leben beherrschten, war immer der Froschteich das Anlaufziel, wo sie in Ruhe nachdenken konnten, wo sie zur Ruhe kamen und wo sie sich am wohlsten fühlten. Keine Macht der Welt hätte sie aus diesem ihrem Paradies vertreiben können.

Nichts an ihm schien sich verändert zu haben. Das Schilf schwankte im Wind nach einem warmen Sommerregen hin und her und Wildenten strichen darüber hinweg. Stundenlang konnten sie so dem Gequake der Frösche zuhören, dem Flügelschlag der Libellen lauschen. Etwas wie Wehmut befiel sie – als sie sich bewußt wurden – daß sie nun bald erwachsen waren und sich ihre wunderschöne, aufregende Kindheit dem Ende zuneigte. Sie waren der irrigen Meinung, daß mit 15 alles vorbei sein könnte. Doch dann überließen sie sich jedoch nicht langen Sentimentalitäten, denn sie hatten noch das ganze Leben vor sich und was mochte es noch alles an Überraschungen für sie bereit halten. „Wer konnte schon in die Zukunft sehen?“

Der Sommer war heiß und Herbst und Winter kamen zwar spät, doch fast gleichzeitig. Nachdem es im späten August ausgiebig regnete, kam der September schon mit Herbststürmen und wehte alle noch vorhandenen Blüten mit einem Schlag fort. Überall in der Natur sah es trist aus. Kühe und Pferde froren auf der Weide.

Im Oktober kamen schon die ersten Nachtfröste und im November waren Bäume, Wiesen und Felder mit einem leichten Raureif überzogen. Igel, Hermeline und Füchse hatten sich schon in ihr Winterquartier verzogen, doch Eichhörnchen sah man hie und da noch auf den Nußbäumen turnen, auf der Suche nach ein paar Haselnüssen, von denen es eigentlich nicht mehr viele gab, denn die meisten waren heruntergefallen, einige auch taub.

Die Jahre vergingen und hatten für Carmen und Thilo auch ihre Schrecken verloren. Inzwischen waren sie herangewachsen und sich darüber klar geworden, wie sich ihr weiteres Leben gestalten sollte. Es war ein langer Prozeß, bis sie ihren Weg gefunden hatten, doch alle Mühe hatte sich gelohnt, alles gut durchzudenken und keine überstürzten Entscheidungen zu treffen. Thilo ging in die Politik und erlangte dadurch großen Einfluß auf den Staat. Er ereichte, daß die Aufrüstung verringert wurde, daß die daraus ersparten Milliarden darauf verwendet wurden, den Ärmsten der Armen, zu ihrem Recht zu verhelfen. Den wenigen, noch nicht einsichtigen Bauern wurde Einhalt geboten, die immer noch nicht die Zeichen der Zeit erkannt hatten – oder einfach nicht erkennen wollten – und daher immer weiter Raubbau an der Natur trieben.

Carmen wurde Ärztin und fand in diesem Beruf ihre Erfüllung und sie machte es gut. Oft, wenn ihre karge Freizeit es zuließ, wanderte sie an die Stätten ihrer zwar aufregenden, doch wunderschönen Kindheit zurück, lauschte dem Gequake der Frösche und dem Gesumme der Bienen und sie war glücklich. Nicht selten kam es dabei vor, daß Thilo dann plötzlich vor ihr stand. Es war Telepathie, die sie an den gleichen Ort trieb, dorthin, wo alles seinen Anfang genommen hatte, ihre Träume, ihre Sehnsüchte und die Erfüllung. In diesen Augenblicken fiel eine schwere Zentnerlast von ihnen ab und es gab nur noch ihre Welt der Erinnerungen.

* * *
*

Erzählungen am prasselnden Kamin

An einem dieser Tage kam der Postbote mit einem Brief der Großeltern. Das war schon merkwürdig, denn im Allgemeinen riefen sie nur kurz an, fragten nach dem Befinden und danach hielten sie sich meist über die Wintermonate, in den sonnigen Gefilden des Südens auf, wo auch viele ihrer Freunde Ferienwohnungen hatten und daher dort ihr Domizil aufgeschlagen hatten. Heute jedoch war das anders. Sie schrieben umständlich und ausholend, daß sie des Reisens in ferne Länder überdrüssig seien, dass man nirgendwo mehr sicher sein könnte und überall sei Lärm ohne Ende. Sie baten inständig, doch diesen einen Winter in der Abgeschiedenheit und Natur, bei ihren Kindern und Enkelkindern sein zu dürfen. Carmen und Thilo waren wie aus dem Häuschen, denn zu Opa und Oma hatten sie von jeher einen guten Draht. Und so geschah das, was beide nie für möglich gehalten hatten, denn es wurden gemütliche, besinnliche und unterhaltsame Abende und Wochenenden am kuscheligen Kamin, in dem die Scheite prasselten und eine angenehme Wärme ausstrahlten.

Jetzt war es an den Großeltern, aus ihrem Leben zu erzählen, in dem es bestimmt viel an Interessantem gegeben hatte; von ihren Freunden, Verwandten, von Hexen und Zauberwesen, von merkwürdigen Elfen und Bäumen, die laufen konnten. Um daher die Kinder nicht noch länger auf die Folter zu spannen, begannen sie nun mit ihren Geschichten schon am gleichen Tag:

Um den Bohlscheider Wald ranken sich viele Geschichten, Sagen und Märchen. Eine dieser Geschichten ist uns jedoch in bleibender Erinnerung geblieben: Es war in einem Jahr um die Jahrhundertwende, als davon die Rede war, daß es einen schlimmer Winter geben könnte, weil Tannen, Buchen und Eichen ihn ankündigten, da extrem viele Tannenzapfen, Buchecker und Eicheln vorhanden wären, doch leider war das nicht überall so. Weil Eichhörnchen, Singvögel und Ringeltauben sich vorwiegend davon ernährten, glaubte man diesen Vorboten, weil sich ähnliches schon wiederholt bewahrheitet hätte. Nun labten sich Amseln und andere Vögel an dem überaus großen Angebot von Himbeeren, Brombeeren, Hagebutten und dergleichen Früchten mehr.

Da tauchte in der Abenddämmerung ein kleiner Waldgeist auf – von dem man schon in früheren Zeiten in der Eifel des öfteren gehört hatte –, doch keiner hatte ihn bisher in der näheren Umgebung zu Gesicht bekommen. Nun aber war er einem armen, in Lumpen gehüllten alten Mann aus Mützenich begegnet und beklagte sich bitterlich bei diesem, daß in der Schneifel die Ringeltauben nahezu am verhungern wären, weil keine einzige Eiche dort in diesem Winter Eicheln tragen würde und die Eichhörnchen nicht einmal ein paar wenige Haselnüsse finden würden, geschweige denn sich einen kleinen Wintervorrat an Tannenzapfensamen anlegen könnten. All dies versetzte den kleinen Waldgeist so in Verzweiflung, daß Tränen ihm die Wangen herunter kullerten und er sich gar nicht mehr beruhigen konnte.

All dies bekamen die Bäume des Bohlscheider Waldes mit, deren Äste so voller Samen hingen, daß sie unter der Last fast bis zur Erde reichten. So beschlossen sie, eine Versammlung einzuberufen, die mehrere Abende in Beschlag nehmen könnte, denn dann hätten sie keine unliebsamen Zuhörer, wie bösartige wilde Tiere, oder auch Wanderer, von denen einige ja ganz manierlich waren, andere hingegen ihnen nicht gut gesonnen waren und ihre Zweige abrissen und sie dann achtlos wegwarfen, worüber schon mancher gehbehinderte Mensch gestolpert war. Vielleicht kam ihnen ja über den langen Diskussionen eine erlösende Idee. Nun überlegten sie lang und ausgiebig, was sie nur für die armen Tiere tun könnten. Auch Wut und Zorn bemächtigte sich ihrer, weil so viele so gar keinen Respekt mehr vor dem Leben in der Natur hatten. Dieser ihr heiliger Zorn verlieh ihnen übernatürliche Kräfte. Ihre Wurzeln begannen sich plötzlich zu heben, in den Ästen ächzte und rauschte es und ehe sie es sich versahen, gerieten sie alle in Bewegung und kamen noch in dieser Nacht ein gutes Stück vorwärts.

Den Bauern in der Umgebung vom Bohlscheider Wald erschien es merkwürdig, daß plötzlich ein ganzer Waldstreifen verschwunden war – sie diskutierten auch tagelang ausgiebig darüber –, doch dann, wie es immer so ist, gingen sie wieder ihrer altgewohnten Arbeit nach. Nach mehreren Nächten waren die Bäume auf der Schneifel angekommen – und da ja infolge schwerster Orkane weite Streifen dieses umfangreichen Gebietes freigelegt worden waren –, konnten sie sich problemlos dort ansiedeln.

In jener Nacht konnte der Waldgeist in den Zweigen des Schneifel – Waldes ein Wispern und Raunen wahrnehmen, unterbrochen von den üblichen nächtlichen Geräuschen und all den Stimmen der Tiere, die sich auf einer lichten Anhöhe im Mondschein versammelt hatten, um ihrem Schöpfer, dem liebenswerten Waldgeist und den Bäumen zu danken, die ihnen diese Hilfe gewährt hatten.

Während sie noch erzählten, waren den Kindern vor Müdigkeit die Augen zugefallen. Doch „morgen" ist auch noch ein Tag, sagten sie sich, um mit einer weiteren Geschichte fortzufahren.

*

Hinter kleinen Anhöhen und Schluchten eines wunderschönen Landstreifens westlich des Hohen Venns gelegen, tauchten in früheren Zeiten oft Kobolde und seltsame Wesen auf, die sich dann aber nach und nach verzogen hatten, weil die Moore manche von ihnen verschluckt hatten. Nun war es lange schon still um sie geworden. Doch eines Tages in der Abenddämmerung, als Nebelschwaden in Windeseile über die Felder dahinfegten und dabei fast die Erde berührten, geschah etwas Seltsames: Wie aus dem Boden gestampft erschien einem, von niedlichem Wuchs – doch geistig etwas zurückgebliebenen freundlichen Mädchen –, ein Reiter mit seinem schweißnassen Pferd, dessen Flanken zitterten und der, wie von Furien gehetzt, aus einem nahen Wald kam. Der Reiter, ein noch junger Bursche von vielleicht 20 Jahren, konnte nur noch stammeln, denn was er erlebt hatte war so schrecklich, daß ihm die Haare ergraut waren und wirr in die Stirn hingen. Zu Füßen des anmutigen Mädchens brach das Pferd kraftlos zusammen, mitsamt seinem Reiter, der die Besinnung verlor, doch noch im allerletzten Moment von den Armen des Mädchens aufgefangen wurde. Doch in diesem Augenblick ging etwas Seltsames vor sich. Aus der Ferne hörte man Hufgetrappel, was näher und näher kam und dann erblickte das Mädchen auf dem Rücken zweier maskierter Gäule zwei Gestalten, deren Gesichter zu Fratzen verzerrt waren und die unheimliche Laute von sich gaben. In ihrer Angst und Verzweiflung, verbarg sich das Mädchen hinter dem Pferdeleib, riß den Mantel von ihren Schultern und deckte damit den Körper des Reiters. Doch im gleichen Augenblick wurde es stockdunkel und laute, zu Mark gehende Schreie erschalten, nachdem diese Reiter in einem nahegelegenen Moorstreifen versanken. Nur noch das unheimliche Gurgeln des Wassers war zu vernehmen und der langgezogene Schrei eines aufgeschreckten Moorhuhns. Dann war Stille ringsum. Am fernen Horizont jedoch erschien ein Lichtwesen, kam näher und näher, beugte sich über den ohnmächtigen Reiter und hauchte ihn an. Da kam wieder Leben in ihn und es war wie eine Offenbarung. Seine Haare hatten wieder ihre ursprüngliche Farbe und seine Gesichtszüge veränderten sich gravierend und ließen erkennen, daß er der, vor Jahrhunderten verschwundene Eifelmärchenerzähler Hieronymus war.

*

Auf Anhöhen des Bergischen Landes lebte vor Jahrzehnten ein Eremit, der sich kaum von den übrigen Menschen unterschied, hätte er nicht ein seltsames Gebaren an den Tag gelegt, was ihm manche dortigen Bewohner sehr verübelten und ihm daher den Namen eines etwas verstörten Einsiedlers einbrachte. Seine Nahrung bestand hauptsächlich aus Würmern und Raupen, die ja bekanntlich sehr proteinhaltig sind, aber bei den meisten dort lebenden Menschen Abscheu erregten. Das kam aber nur daher, daß diese Art von Nahrung dort nicht üblich ist, denn was der Bauer nicht kennt, das ißt er auch nicht. Dieser Einsiedler war aber ein sehr freundlicher, hilfsbereiter und religiöser Mensch, der keiner Fliege etwas zuleide tat, nicht einmal ein Tier aus der Familie der Warmblüter töten wollte, es sei denn, er fand ein angeschossenes Wild, dessen er sich erbarmte, wenn ihn nur die treublickenden Augen trafen, die ihn – wie um Hilfe – anbettelten. War aber ein solches Tier nur leicht verletzt, nahm er es mit in seine primitive Hütte – am Rande einer der Anhöhen –, um es zu pflegen, bis es wieder zu Kräften gekommen war. Mit den Fellen verendeter Tiere, die er mit einem Stein bearbeitete und an der Luft trocknete, hatte er sein bescheidenes Heim ausgepolstert, um es vor Wind, Regen und Kälte zu schützen, denn die Winter konnten dort viel Schnee und Frost mit sich bringen. Auch sammelte er Pilze, Beeren und Kräuter, die seinem bescheidenen Mittagstisch etwas Abwechslung brachten. Kam ein Kranker in seine Hütte, hörte er sich geduldig dessen Klagen und Sorgen an, bot ihm einen Tee als Willkommensgruß an – denn mit Heilkräutern kannte er sich bestens aus –.

Nun geschah es, daß ein einsamer, ärmlich gekleideter Wanderer des Weges kam und um ein bescheidenes Mahl bat. Zum Dank überreichte dieser ihm ein winziges Kästchen, was er aber erst um Mitternacht öffnen dürfte. Gespannt konnte der Eremit die Mitternachtsstunde – die man auch Geisterstunde nennt –, kaum abwarten, doch er wollte sich auch nicht aus lauter Neugier etwas verscherzen, wenn er es früher, als zum angegebenen Zeitpunkt öffnen würde. Vielleicht aber auch hatte sich der Fremde nur einen Schabernack erlaubt, denn an Geister und dergleichen mehr, glaubte er nun absolut nicht. Trotzdem öffnete er es erst, als vom nahen Kirchturm die Uhr 12 schlug. Dann jedoch schüttelte er sich vor lachen, denn in dem Kästchen befanden sich 4 winzige, vierschrötige Männchen, die sich alle aufs Haar glichen. Eines von ihnen sagte zu ihm: „Immer, wenn sich einer von uns in deiner Hosentasche befindet, während du ein gutes Werk tust, wird es dich belohnen, oder den, der zu dir kommt.

Der Einsiedler, belustigt und auch ein wenig enttäuscht, glaubte nicht an dieses Märchen, steckte aber doch das erstbeste Männchen in seine Tasche. Tage, ja Wochen vergingen und er hatte dasselbe längst vergessen. Da kam ein kleines Mädchen des Weges was bitterlich schluchzte, weil sein kleines Kätzchen vom Fuchs gefressen wurde. Der Eremit aber war von Mitleid erfüllt, nahm die Kleine auf den Arm, strich ihr zärtlich über den Kopf und weinte mit ihr. Plötzlich lachte und weinte das Mädchen zugleich, denn die totgeglaubte Katze sprang ihr vor Freude auf den Arm.

Wieder vergingen Wochen, ja Monate, als der Einsiedler des Weges schritt und dieses Mal in seiner Tasche ein anderes Männchen mit sich führte. Es wurde bereits dämmrig, als er an einer Felsenschlucht lautes Wimmern vernahm, all seinen Mut zusammennahm und bäuchlings in die Schlucht rutschte, um diesem Wimmern nachzugehen. Dort aber befand sich ein gräßliches Monster was die Zähne fletschte und in seinen Krallen hielt es einen kleinen grünen, zappelnden Zwerg. Der Eremit nahm all seinen Mut zusammen, griff in seine Hosentasche und schleuderte mit voller Wucht das Männchen in die Fratze des Ungeheuers. Im gleichen Augenblick verwandelte sich dieses in eine klebrige, zusammenfallende Masse, doch der kleine grüne Zwerg blieb unversehrt. Dieser gab ihm zum Dank einen winzig kleinen Zweig und verschwand darauf in der bereits hereingebrochenen Nacht. Mühsam und voller Schrammen kletterte nun unter großen Mühen der Eremit aus der Schlucht, doch sorgsam seinen kleinen Zweig hütend. Nach Hause gekommen, steckte er diesen an sein Kruzifix, was immer in seiner Hütte hing. Binnen kürzester Zeit aber breitete sich in seiner Hütte eine wohlige Wärme im ganzen Raum aus, die nun immerzu anhielt. Nun aber dachte er voller Sorge plötzlich an das zweite Männchen, was sich ja noch in der Schlucht befinden mußte. Mit einer Laterne bewaffnet, sowie dem dritten Männchen, begab er sich daher im frühen Morgengrauen zu der Stelle in der Schlucht, wo er hoffte es wiederzufinden, doch all sein Suchen verlief vergebens. Da wurde er von Trauer erfüllt, setzte sich mutlos auf einen Stein und war sehr unglücklich.

Doch als er so verzweifelt da saß, stand dieses Männchen plötzlich vor ihm, reichte ihm eine Blume von seltener Art – doch gleichzeitig aber –, war auch das dritte Männchen verschwunden. Die Blume aber verströmte einen betörenden Duft. Nun war nur noch das vierte Männlein übrig und sorgsam mußte mit diesem umgegangen werden. Der Einsiedler trennte sich nun keine Minute von diesem, denn womöglich kam er noch in eine weitaus schwierigere Situation, wo er dessen Hilfe dringend benötigte. Dann kam nach endlos langer Zeit ein hutzeliges altes Weiblein des Weges, dessen Gesicht, Hände und Füße von unzähligen Kratzern übersät waren Es stolperte nur so daher, denn seine Brille war ihm verlorengegangen. In seiner Not bat es den Eremiten um seine Hilfe und Beistand. Dieser war wiederum von Mitleid erfüllt, schickte das vierte und letzte Männchen los, diese Brille zu suchen. Darüber zogen mehrere Tage ins Land. Die alte Frau war schon ganz verzagt und drohte zu erblinden. Deshalb behielt er sie auch in seinem bescheidenen Heim, teilte seine karge Mahlzeit mit ihr. Da geschah es, daß ein Eichhörnchen in den Raum hineinschlüpfte, sprang auf den Schoß der Frau und hielt in seinen Krallen einen Golddukaten. Der Eremit aber kaufte dem Weiblein davon die schönste und beste Brille, die es zu diesem Zeitpunkt überhaupt auf Erden gab.

Heute abend wird nichts erzählt, beschlossen die genervten Eltern am darauffolgenden Tag, weil ihre Kinder für nichts anderes mehr Interesse zeigten, als den Großeltern zuzuhören. „Wo kommen wir denn da hin, wenn das jeden Abend in diesem Affenzahn weitergehen soll? Wir haben ja für uns überhaupt keinen Freiraum mehr, können uns nicht mal mehr einen interessanten Fernsehfilm ansehen!“ Doch die „Pänz“ ließen nicht locker und so ging es dann weiter und weiter:

*

In Winterscheid war ein Bauer, der Hühner züchtete. Da gab es die weißen Leghornhühner, die rebhuhnfarbigen Italiener und die rötlich schimmernden Rodeländer. Diese scharrten und scharrten nach Würmern und sonstigem Kleingetier, daß es eine wahre Pracht war. Auch war es so, daß immer nur die Bäuerin ihnen von Zeit zu Zeit einige Körner zusteckte, denn die Getreideernte war in jenem Jahr nicht so besonders gut ausgefallen und „Sparen" war an allen Ecken und Kanten angesagt. Der Hahn, ein stolzer Kerl mit einem gesunden roten Kamm, war eifersüchtig darauf bedacht, daß ja kein Rivale in sein Gehege einbrach, denn er beschützte auch alle seine 13 Hennen vor angriffslustigen Tieren aus der Luft, wie zum Beispiel: Habichten und sonstige Greifvögeln. Auch waren die Füchse manchmal so frech, aber auch hungrig, daß sie sich heimlich in den Hof schlichen. Selbst die Jäger hatten Mühe sie abzuschießen, viel lieber gingen sie auf Hasen- und Rehwildjagd. Die Hennen schienen alle ihrem Gockel treu ergeben zu sein. Eine von ihnen, legte ihm gar die besten Leckerbissen zu Füßen. Sie mochte er besonders gern, weil sie von zierlicher Gestalt war, ein buntgeflecktes Gefieder hatte und nicht so zickig herumgackerte, wie die übrigen. Auch fühlte er sich in seiner Pascha-Rolle sehr wohl.

Doch eines lieben Tages hatte sie sich – was er gar nicht bemerkt hatte – in den Gockel des Nachbarn verliebt, der immer wie ein Pfau daher stolzierte, als ob ihm die Welt gehören würde. Doch ein Zaun trennte die beiden und so konnte sie ihn nur sehnsüchtig, mit schmachtenden Blicken anhimmeln. Doch das kleine Hühnchen war gar nicht so dumm, um nicht einen Ausweg zu finden. Unter dem Vorwand Würmer zu suchen, scharrte es unentwegt unter dem Zaun und weil es listig wie ein Fuchs war, legte es seinem Herrn auch ab und zu einen fetten Wurm vor die Füße. So bemerkte dieser – da er blind vor Liebe war – gar nicht, daß sein heißgeliebtes Hühnchen einem anderen ergeben war. Als dieses dann eines Tages unter dem Zaun hindurchgekrochen war, krähte und krähte er ganz aufgeregt, weil er in seiner Einbildung annahm, das Hühnchen hätte sich nur verirrt. Daher rannte er aufgeregt den Zaun hinauf und hinunter, doch seine Angebetete war längst mit ihrem Liebhaber über alle Berge. Diese hatten nämlich beschlossen, in der Freiheit ihr eigenes Leben zu führen. Schließlich legte das

Hühnchen mehrere Eier, die es dann auch ausbrütete. Die kleinen Küken sahen allerliebst aus, eines schöner als das andere. Um den Verflossenen zu ärgern, präsentierten sie ihm nun eines Tages stolz ihre Familie am Gartenzaun. Der Hahn, ein eingebildeter Gockel, der keine Niederlage einstecken konnte, rannte vor Zorn hin und her, sein Kamm schwoll dick an und wurde krebsrot. Da bekam das Hühnchen es nun doch mit der Angst zu tun, auch wurde in ihm ein gewisses Schuldgefühl wach und sie rannten alle zurück in den Wald und niemand hat sie seitdem wieder in dem Ort gesehen.

*

Vor langer langer Zeit lebte in der Umgebung von Schweiler ein kleines, buckeliges Männchen, was an Häßlichkeit nicht zu überbieten war. Es hatte weit abstehende Ohren, einen Buckel, drei dicke Warzen auf der Nase und ein Muttermal unter dem rechten Auge, was die Größe eines Hühnereies einnahm, jedoch das Schlimmste war das dritte Bein, was verkrüppelt aus der linken Hüfte herausragte. Alle Kinder des Dorfes waren neugierig und einige verspotteten es sogar, was gar nicht schön von ihnen war. So verkroch es sich in seinem Kummer tief in den Wald, wo es sich von Beeren, Wurzeln und Pilzen ernährte. Es hatte sich eine primitive Holzbude gebaut, tief in das Gestrüpp hinein, damit es von unliebsamen Gästen nicht entdeckt oder gestört werden konnte. Dieses Männchen war so zart besaitet, daß es nicht übers Herz brachte auch nur ein Tier zu töten, nicht einmal eine Spinne, von denen viele ihre Netze in seinem bescheidenen Heim webten. Fand es ein verendetes Tier, zog es aber dessen Fell ab und trocknete dies an der Sonne, schabte aber vorher die Innenfläche sorgfältig aus, damit keine Fleischreste zurückblieben. Dann polsterte er damit sein Heim aus, damit es in den eiskalten Winternächten der Eifel vor Frost und unliebsamen Besuchern geschützt war, denn damals gab es in Schweiler auch noch wilde Tiere. Es sorgte auch immer für einen beträchtlichen Vorrat an getrockneten Pilzen, Beeren und Kräutern, auch fand es manchmal ein Nest mit Eiern, die nicht ausgebrütet waren. Manchmal schlich es an die verlassene Feuerstelle eines Lagerfeuers um sich etwas Glut zu nehmen, damit es auf einem selbsterbauten, primitiven Herd, die Eier und auch seinen Tee kochen konnte. Das ging nun schon viele lange Jahre im gleichen Rhythmus zu und das Männchen war eigentlich in seiner Abgeschiedenheit zufrieden; zumal es ja keine großen Ansprüche an das Leben stellte. Doch eines Tages war etwas Eigenartiges, Seltsames geschehen. Als es so in Gedanken einen Hügel hinaufschritt, sah es Spuren im Schnee, die weder Ähnlichkeit mit den Tatzen eines wilden Tieres, noch mit derer von Menschen haben konnten. Es ging diesen Spuren nach und gelangte an eine Stelle, wo ein Kampf stattgefunden haben mußte. Überall herum lagen Äste, Steine, auch einige Blutstropfen waren zu sehen. Das Männchen war nicht furchtsam, doch seltsam war das alles schon. Was auch merkwürdig erschien waren die Risse, die sich am Boden befanden. „Was hatte das nun zu bedeuten, fragte es sich insgeheim?“ Wenn ein Erdbeben gewesen wäre, hätte es bestimmt doch was merken müssen. Dann vergrößerte sich plötzlich eine dieser Spalten und das Männchen hörte einen Jammer- und Hilfeschrei, der so schrecklich war, daß sich ihm die Haare sträubten und wie von Geisterhand tat sich ein Krater auf.

Und als es dort hineinschaute, sah es ein Ungetüm, was schrecklicher als der Leibhaftige aussah. In seinen Klauen aber befand sich das schönste Mädchen der Eifel, um das sich in der Vergangenheit selbst die wohlhabendsten Bauernjungen der Umgebung rissen; von denen sie aber keinerlei Notiz nahm. In ihrer Angst und Verzweiflung nun schrie sie so herzzerreizend, daß das Männchen von Mitleid zu ihr erfüllt wurde. Es nahm all seinen Mut zusammen und in seinem Zorn bekam es übernatürliche Kräfte. Mit aller Kraft riß es sich das verkümmerte dritte Bein aus, sprang mit einem Satz hinab und erschlug damit das widerliche Tier. Das Mädchen aber, das viele Kratzwunden am ganzen Körper hatte, kletterte aus dem Krater und ward seitdem nicht mehr gesehen. In Nächten jedoch, wenn der Mond voll und rund über Schweiler steht, ziehen die Burschen aus, um es zu suchen. Sie tun das nicht ganz uneigennützig, erhoffen sie sich doch, es zu finden und dann könnte es ja immerhin sein, daß es sich einem von ihnen aus Dankbarkeit zuwendet.

Nur einem einzigen von ihnen ist es jedoch bisher gelungen, auf einer Wiese zwei Gestalten tanzen zu sehen, mit blühenden Kränzen im Haar und einem verklärten Lächeln auf ihren Zügen; und da auch das Männchen nie mehr gesehen wurde ist anzunehmen, daß es sich bei den beiden um das verschwundene Mädchen und das mißgebildete Männlein handeln muß, was für seine Tapferkeit belohnt wurde.

*

Dies ist eine der Zaubergeschichten des spurlos verschwundenen Handwerksgesellen „Holterdipolter“, dem man überirdische Kräfte anmaß. Immer zu lustigen Streichen aufgelegt, stets für einen Ulk zu haben, baute sich dieser einen Karren mit 8 Rädern, auf den er 2 ausgestopfte Bären setzte und ließ diesen einen abfallenden Hügel heruntersausen. Durch die Luftspieglung, in der untergehenden Abendsonne, sah das recht gespensterhaft und gefährlich aus. Seitdem sagte man ihm einen gewissen Zauber nach. Das hat ihm einen solchen Spaß gemacht, daß er einen Einheimischen aus Gondenbrett bat, ihn doch ein einziges Mal auf seinem Karren zu begleiten. Dessen Antwort darauf war: „Oh,Holterdipolter“, allzu gerne würde ich dich auf einem deiner Fahrten begleiten, doch du wirst auch dafür Verständnis haben, das dies mir zu gefährlich ist; ich habe doch Frau und Kinder die ernährt werden müssen. Würden wir verunglücken wäre keiner da, der sich um sie kümmern würde. Das machte den „Holterdipolter“ nun doch sehr nachdenklich und er verzog sich wieder in seine Einsamkeit zurück, wurde auch seitdem nie wieder gesehen. Doch wenn die Burschen in Gondenbrett auf Freiersfüßen gehen und erst zur Mitternachtszeit ihre Liebste verlassen und ihren Heimweg antreten, hat schon manch einer von ihnen im Mondlicht am fernen Horizont einen silbern schimmernden Karren gesehen, auf dem ein verklärtes

Pärchen sitzt, sich liebevoll umarmt und küßt. Da fragt sich manch einer im Dorf, wer die beiden wohl sind?

Ganz allmählich hatten sich ihre Erzählabende herumgesprochen und nun war das eingetroffen, was Carmen und Thilo schon lange befürchtet hatten. Ihr Heim wurde ein Haus der „Offenen Tür." Immer mehr Kinder gesellten sich dazu und eigentlich war ihnen das ganz recht, denn die Straßen waren infolge des lebhaften Autoverkehrs inzwischen recht gefährlich geworden und Sittenstrolche trieben allerorts ihr Unwesen. Keiner konnte es mehr verantworten, ein Kind, vor allem ein Mädchen, bei Dunkelheit allein auf die Straße zu lassen. So richtete Carmen es dann so ein, daß an den Samstagen und Sonntagen zwischen 3 und 5 Uhr, alle Kinder der Umgebung zu ihnen kommen durften und an einem dieser Tage erzählten die Großeltern folgendes:

*

Im Winter, als in der Eifel alle Bäume und Sträucher von glitzerndem Reif überzogen waren, Felder und Wiesen unter einer schweren Schneeschicht stöhnten, lebte in Hintermetzingen ein armer Junge, dessen Vater sich vor der Verantwortung gedrückt hatte und dessen Mutter kaum so viel Geld hatte, um sich und ihren Sohn zu ernähren. Doch sie war eine herzensgute Frau, hatte für jeden ein freundliches Wort und half da und dort, wo immer sie gebraucht wurde. Doch das wurde gar oft ausgenutzt und das Schlimmste daran war, daß manche Leute ihre Gutmütigkeit als Dummheit ansahen. Da geschah es, daß ein Wanderer des Weges kam von schöner Statur und die Frau bat, ihn doch in sein Schloß zu begleiten, um dort die Wirtschaft zu führen, doch von deren Sohn wollte er nichts wissen. Diese liebte aber ihr Kind über alle Maßen und hätte es nicht übers Herz gebracht, es zu verlassen. Der Schloßbesitzer aber war darüber sehr erbost, war er es doch nicht gewohnt, daß jemand ihm wiedersprach. So verließ er eilig den Ort, ohne sich auch nur noch einmal umzudrehen. Als er jedoch sein Schloß erreichte und sich müde auf sein Bett warf, erschien ihm im Traum seine längst verstorbene Mutter und sagte: „Es ist dein Kind was du da in deinem Hochmut verleugnest und noch in dieser Nacht wird dein Schloß vom Erdboden verschwinden und du sollst ruhelos umherirren, solange du lebst. Die Anlieger jedoch können es sich bis auf den heutigen Tag nicht erklären, was aus dem schönen Schloß und dessen Besitzer geworden sein mag, doch in stürmischen Nächten hört man ein Klagen und Jammern was zu Herzen geht und auch einmal sah man ein Wesen auf der Erde herumkriechen, als ob es etwas suchen würde.

*

Ein Falke stürzte sich voller Raubgier auf einen Star, der im Garten nach Würmern pickte, um die hungrigen Mäuler seiner Kleinen im Nest zu stopfen. Eine Frau beobachtete dies und warf voller Zorn mit einem Kochlöffel nach dem Falken, der vor lauter Schreck und Überraschung von seinem Opfer abließ und sich wieder in die Lüfte schwang. Der Star aber wußte nicht wie ihm geschah, flog auf eine nahe Mauer und stimmte ein Danklied an.

*

Ein kleiner Hund wollte einfach nicht gehorchen. Sein Herrchen war darüber zutiefst erbost und schimpfte und schimpfte ohne Ende. Das Hündchen wußte sich aber sehr geschickt zu helfen: Es humpelte zum Gotterbarmen auf drei Beinen und schaute seinen Herrn so treuherzig an, daß dessen Mitleid die Oberhand gewann und er freundlich auf es einredete. Daraufhin leckte dieses dessen Hände, drehte voller Übermut zehn Runden. Sein Humpeln war also nur Berechnung gewesen.

*

Im Oberbergischen war es, als der Wind gespensterhaft um ein uraltes Gemäuer pfiff, neigten sich die Zweige der Ulmen bis zur Erde hinab. Im Schatten des Mondes, der hinter Fetzen von Wolken hervorlugte, bewegten sich schemenhafte Gestalten, die sich geduckt der Burg hin zubewegten. Von ihnen ging ein bestialischer Gestank aus, der die Luft zu verpesten drohte. „Was mochte da nur vorgehen?“ Dann war ein langgezogener Schrei zu vernehmen, der einem durch Mark und Bein ging. In der Burg selbst schien alles ruhig, nicht einmal eine Kerze brannte. Dann aber gab es einen ohrenbetäubenden Knall; das Hauptportal flog auf und ein Monster, schlimmer anzusehen als der Teufel selbst, mit einer Fratze, in der nur leere Augenhöhlen zu erkennen waren, einem weit geöffneten Mund der bis an die Ohren reichte und eine Reihe schwarzer, fauler Zähne entblößte, in den Klauen aber schwingend einen riesengroßen Ast, den es mit voller Wucht auf ein Hexenmännchen warf, was aber nur um Zentimeterlänge dem Wurf entkam. Danach war es unheimlich still, aber den Burgbesitzer hat man seitdem nie mehr gesehen.

*

Eine Mutter erzählte ihren Kindern, daß der Kuckuck mit Vorliebe seine Eier in fremde Nester legen würde, damit er sich die Mühe des Nestbauens sparen könne. Daraufhin sagte die kleine 6-jährige: Was bedeutet das denn, was unsere Nachbarin sagte: „Du habest dem Papa ein Kuckucksei ins Nest gelegt?“

*

In Bergisch Gladbach lebte in alten Zeiten ein Wesen, dessen Körper von Abertausenden Stacheln übersät war. In dem kugelrunden riesengroßen Schädel waren drei Öffnungen, in denen sich Augen befanden, die aber nur starr geradeaus blicken konnten. Eine lange Zunge, die der eines Chamäleons ähnelte, züngelte blitzschnell hervor und kein Lebewesen war vor diesem Ungeheuer sicher. Stets hinterließ es Furcht und Schrecken, denn so mancher brave Bergisch Gladbacher war schon verschwunden und nie mehr wiedergekehrt. Weil es nie Spuren hinterließ, wußte man auch nicht, wo es sein Lager hatte. So bewaffneten sich eines Tages mutige Männer der Stadt mit Mistgabeln, Flegeln, Sensen, Schlachtermessern und Hämmern. Vielleicht, so dachten sie, könnten sie mit etwas Glück das Versteck ausfindig machen. Lange waren sie auf der Suche, bis sie an den Eingang einer Höhle stießen. Aus dem Innern dieser Höhle vernahmen sie Wehgeschrei und Klagelaute, die bis ins Mark drangen. 2 mutige Gesellen – ein Schmied und ein Metzger –, krochen in die Höhle hinein. Dort war das Monster im Begriff, ein junges Mädchen in die Gewalt zu bekommen. Mit seinen dreckigen Klauen hatte es bereits dieses zu Boden gezerrt. Der Metzger, ein stämmiger, kräftiger Bursche, rammte dem Ungeheuer sein Schlachtermesser in den Rachen und der Schmied zertrümmerte mit einem Hammer einen Teil des umfangreichen Schädels. Das Ungeheuer spie darauf Schwefel und Galle, fauchte ganz entsetzlich und verendete. In der Höhle jedoch fand man Überreste von menschlichen Knochen die darauf hindeuteten, daß dieses Ungeheuer ein Menschenfresser war.

*

In der Sonnenbesch gab es in grauer Vorzeit Erdmännchen. In lauen Sommernächten, nachdem die Glocken den letzten Abendgruß sandten, ließen die Bauern ihre Kühe zuweilen draußen wenn sie gemolken waren, damit sie sich satt und faul zwischen den Ginster legen konnten. Da tauchte eines Tages frühmorgens in der Dämmerung ein Wesen auf, was einen Buckel hatte, 4 Beine und 4 Arme und auf jedem Arm saß ein Erdmännchen. Dieses seltsame Geschöpf stieß unartikulierte Laute aus, schlich zwischen Ginster und Hecken hindurch und bei jeder Kuh setzte es ein Erdmännchen ab, was sich am Euter des Tieres zu schaffen machte. Die Bauern wunderten sich, als sie morgens mit ihren Melkeimern eintrafen, daß keine Kuh mehr einen straffen Euter hatte und kein Tropfen Milch mehr zum Vorschein kam. Einige nahmen sogar an, daß jemand sie verhext hätte. Andere dagegen glaubten, daß die ganz armen Leute aus Bleialf, sich des nachts der Milch bemächtigt hätten. Das wies der damals in

Bleialf amtierende Bürgermeister entschieden ab, denn er glaubte an die Unschuld der Bleialfer, weil er ein rechtschaffener gerechter Mann war, der keinem seiner Untertanen so etwas zutraute. Damit lag er vielleicht gar nicht so falsch, denn damals gab es in Bleialf nur gute Menschen. Ihnen stand das schon auf der Stirn geschrieben. Einige Bauern waren daher schon so erbost, daß sie ihre Kühe noch vor der Dämmerung – nach dem Abendläuten – heimtrieben. Da geschah es, daß plötzlich dieses eigenartige Wesen aufkreuzte, was einen Buckel hatte, und unartikulierte Laute ausstieß, den Bauern auf die Schulter sprang und ihnen mit seinen Krallen ein Zeichen auf Wangen und Stirn ritzten, aus denen sich dann später Warzen entwickelten, die zeitlebens nicht mehr verschwanden. So waren sie gebrandmarkt fürs ganze Leben. Die Leute waren entsetzt und voller Ängste, trauten sich kaum mehr aus dem Haus. Nur ein kleines Mädchen, was tagsüber die Kühe gehütet hatte und mit allen Tieren auf gutem Fuße stand, machte sich nichts aus dem Gerede und erbot sich, tagsüber auf sämtliche Kühe in der Sonnenbesch zu achten. Doch einmal war es so müde vom ewigen Hin- und Herrennen geworden, daß es darüber eingeschlafen war. In der Nacht, als es sternenklar war und der Mann im Mond lächelnd auf das schlafende Kind heruntersah, weckte er alle Sterne der Milchstraße und einige von ihnen strahlten das Kind so sehr an, daß es erwachte und schlaftrunken sich die Augen rieb. Da sah dieses, wie sich zwischen Ginster und Sträuchern mehrere Wesen hindurchschlichen, die auf ihren vier Armen ein Erdmännchen trugen und bei jeder Kuh eines davon absetzten. Dieses machte sich an dem Euter der Kuh zu schaffen. Sie saugten und saugten, bis kein Tropfen mehr kam, danach legten sie sich satt und faul ins Gras, bis dieses seltsame Geschöpf sie wieder auflas und mit ihnen spurlos verschwand. Daraufhin überlisteten die Bauern dieses komische Wesen. Nachdem sie sich auf die Lauer gelegt hatten warteten sie ab, bis die Erdmännchen sich an der Milch gütlich taten, fingen diese ein und setzten sie im Bayrischen Wald wieder aus. Dort leben sie noch heute.

Der Gezeichnete und das Zwergengeheimnis um den Alferberg

Auf dem Alferberg, in der Nähe von Buchet, stand in grauer Vergangenheit ein winziger Rundbau, von Zwergen bewohnt. Blickte man durch die kleinen Fensteröffnungen konnte man, wenn man Glück hatte, ein kleines Tischchen, Stühlchen und noch kleinere Betten entdecken, doch meistens waren buntgeblümte Gardinchen vorgezogen. Die Zwerge konnte man eigentlich nur bei Nacht antreffen und das auch nur, wenn einem der Zufall zu Hilfe kam. Sie waren sehr scheu und für neugierige Menschenkinder hatten sie absolut nichts übrig. Dann konnten sie nämlich sehr ungehalten und ungemütlich werden. Auch glaubten viele Bucheter, daß es dort nicht mit rechten Dingen zuginge. Auch wußte ja kein Mensch, ob es sich um gute oder böse Zwerge handelte. Bei Vollmond und zur Geisterstunde, wenn alle braven Bucheter - mit einigen Ausnahmen allerdings – friedlich in ihren Betten lagen und schliefen, war das kleine Häuschen hellerleuchtet, doch nur für einen kurzen Augenblick, denn dann wechselten sie sich ab. Den Buchetern kam das sehr seltsam vor und ihre Neugier kannte keine Grenzen, doch keiner von ihnen hatte den Mut, der Sache auf den Grund zu gehen. Nur einer von ihnen, ein resoluter junger Mann, der von Gesundheit strotzte, angab bis sich die Balken bogen, prahlte damit, noch in der kommenden Nacht, diesen Rundbau zu betreten. Einige Neugierige beobachteten das Schauspiel, jedoch nur heimlich aus der Ferne. Eine Weile geschah nichts, es herrschte Totenstille, doch dann kam dieser, wie von Furien gehetzt aus dem Häuschen gestürzt, an allen Gliedern vor Angst schlotternd und frierend, keines Wortes mehr mächtig und was das schlimmste war: „Er war gezeichnet." Auf seiner Stirn war ein rotes Kreuz, was nicht mehr verschwand. So sehr er sich auch mühte es zu beseitigen, es gelang ihm nicht. Darüber war der junge Mann schrecklich traurig und unglücklich, denn alle Mädchen aus der Umgebung wendeten sich von ihm ab, machten einen großen Bogen um ihn.

Eines Tages begegnete ihm ein kleiner Zwerg mit einer roten Zipfelmütze, grünem Hemd und zierlichen Stiefelchen. Der junge Bucheter nahm all seinen Mut zusammen und stammelte: „Lieber guter Zwerg, so hilf mir doch!“ Und dieser antwortete ihm: „Du Dummer, weißt Du denn nicht, daß dieses Gebiet hier dem Montanus pumilio gehört, dessen Reich schon Jahrtausende besteht? Nur seiner Güte hast du es zu verdanken, daß du dieses Feld hier bestellen darfst.“ Da war der junge Mann noch verzagter und stammelte: „Kannst du denn nicht ein gutes Wort für mich bei ihm einlegen? Ich bin so unglücklich, denn wie du siehst, bin ich mit dem roten Kreuz gezeichnet. Jeder in der Umgebung zeigt mit Fingern auf mich. Ich gäbe alles darum, wäre ich den Schandflecken wieder los.“ Da antwortete ihm der Zwerg: „Ich werde alles in meiner Macht stehende für dich tun.“

Tags darauf begegneten sie sich wieder und er fragte den kleinen Zwerg: „Nun, hast du mit deinem hohen Herrn Montanus pumilio gesprochen?“ Und er bekam zur Antwort: „Wenn du es schaffst, den 100 Kilo schweren Klumpen Gold aus dem Bleialfer Bergwerk zu heben – der dort schon über 1000 Jahre ruht – sei dir dein Wunsch gewährt“. Da das Bergwerk zu diesem Zeitpunkt außer Betrieb war, arbeitete der Bucheter nun Tag und Nacht unter Tage und der Schweiß floß ihm nur so in Strömen von der Stirn. Da hatte der große Montanus pumilio mit ihm Erbarmen und sandte ihm 100 Zwerge zu Hilfe, die mit ihm den kostbaren Klumpen zu Tage förderten. Kurz danach wurde die Mine aber wieder in Betrieb genommen, doch ein großes Unglück kam über die Bleialfer, denn schlagende Wetter verschütteten mehrere Grubenarbeiter, die aber glücklicherweise alle gerettet werden konnten. Doch bei dem Bucheter war über Nacht das rote Zeichen verschwunden.

Zwergenvölker, Elfen und Heinzelmännchen in Köln

Wohl keiner hat den tieferen Sinn für die Existenz und die damalige Hilfsbereitschaft der Heinzelmännchen, Zwergenvölker, Gnomen und Elfen begriffen, wie die lieben Altkölner. Das mag auch der Grund gewesen sein, daß diese sich vorwiegend in dieser schönen Domstadt ansiedelten und an allen bekannten Plätzen wie: Am Opernhaus, dem Stollwerkgebäude, dem Alter Markt, der Hohe Straße, der Schildergasse, dem Dom, dem Neumarkt, dem Rheinauhafen, dem Kölner Zoo und der Deutzer Brücke, die ins Rechtsrheinische mündet, aufhielten. Doch diese Geschöpfe waren überaus scheu und zartbesaitet, aber von einer Liebenswürdigkeit und Hilfsbereitschaft, daß es eine wahre Pracht war. Auch liebten sie die Reinlichkeit über alles. Deshalb auch waren sie über Jahrhunderte lang gern in Köln gesehen, denn zu ihrer Zeit gab es noch nicht viele imitierte Kölner, die auf den Treppen und dem Vorplatz des so wunderschönen Domes, achtlos schmutzige Tempotücher, Bierflaschen oder sonstigen Unrat verstreuten. Kam es dennoch einige Male vor, waren die fleißigen Heinzel zur Stelle und räumten alles blitzschnell weg. Damals gab es auch noch wenige böse Menschen, die zum Beispiel keine Ehrfurcht und keinen Respekt vor der Heiligkeit des mächtigen Dombauwerkes der Kölner hatten. Das ging über Jahrhunderte so und es lebte sich in Köln sehr gut, bis man eines Tages den lustigen und fleißigen Gesellen böse mitspielte, und weil insbesondere die Heinzelmänner sehr sensibel und feinfühlend sind, waren sie so von den Kölnern enttäuscht, daß sie sich noch in der gleichen Nacht aus dem Staub machten. Nun aber kamen die Kölner zur Besinnung, doch zu spät kam die Reue und viele Kölner trauerten den schönen Zeiten nach.

Jahrzehnte waren inzwischen ins Land gezogen. Alle führenden Persönlichkeiten der Stadt beratschlagten immer wieder, wie man es wohl bewerkstelligen könnte, den alten Zustand wiederherzustellen. Den Heinzelmännchen entging das alles nicht, denn sie beobachteten schon seit geraumer Zeit aus der Ferne, was sich in ihrer einst so heißgeliebten Stadt tat. Sie alterten ja nicht wie die sterblichen Menschen, nur ihr Bart veränderte sich und bekam graue Streifen. Und weil sie ein gutes Herz hatten, waren sie auch von Mitleid erfüllt, besonders den alten gebrechlichen Leuten gegenüber, denn sie hatten auch ein Gespür dafür, wer es gut mit ihnen meinte und auch an ihre Fähigkeiten glaubte. So sannen und sannen sie dann darüber nach, wie man in der heutigen unruhigen und schnellebigen Zeit, diesen immer noch netten Kölnern helfen könnte. Sie hörten auch, daß manche Kölner es nicht so gerne hatten, daß ihre Stadt von Fremden nur wegen des Domes besucht wurden und daß die Kölner nicht mehr so erzkatholisch waren, wie es früher der Fall war. Das kam ihnen zwar spanisch vor, doch sie wollten aber auch nicht päpstlicher als der Papst sein und daher konnten sie damit leben, weil sie tolerant waren.

Eines Tages nun geschah es, daß eine alte Kölnerin nach einem Einkauf einen Schwächeanfall erlitt und auf der Straße ohnmächtig zusammenbrach. Schnell waren ein paar getarnte Heinzel zur Stelle, doch sie hatten schon Angst vor den vielen fremden Gesichtern die sie nicht kannten, die auch ganz anders redeten, als die Kölner dazumal. So schleppten sie dann die Taschen der alten Frau in ihre Wohnung, einige von ihnen putzten deren Zimmer und drei trugen die geschwächte Frau in ihr Bett. Das geschah aber alles so blitzschnell, daß es keinem der Vorbeihetzenden aufgefallen war. Nur die alte Frau entsann sich ihrer, als sie erwachte. Aus Dankbarkeit nähte sie nun den Heinzeln neue Jacken aus rotem Filz, blaue Zipfelmützen und grüne Leggins. Über die Leggins waren diese dann doch sehr erstaunt, denn die kannten sie nicht, doch sie gefielen ihnen sehr gut. Die Heinzelmännchen, von Liebe zu ihrer Stadt erfüllt, schlichen daher um die Geisterstunde, in einer der nun folgenden Nächte auf den Heumarkt und räumten auf. Doch so sehr sie sich auch abmühten, sie schafften es einfach nicht die Vielzahl der Mülleimer einzusammeln. Wie hätten sie auch wissen können, daß die Kölner mittlerweile so fortschrittlich geworden waren und daß nach einem bestimmten System buntgestrichene Wagen und mit gelben Overalls bekleidete Männer eigens eingesetzt wurden, diese Arbeiten zu übernehmen und gut dafür bezahlt wurden, was sie aber früher alles Gott zu Ehren gemacht hatten. Mit dem Fortschritt kamen sie einfach nicht mehr klar. Sie lebten ja in einer anderen Welt. Und weil nun in Köln fast alles reibungslos, ohne ihr Zutun klappte, verzogen sie sich endgültig in ihre Abgeschiedenheit.

Doch das nur liebe Kölner zu Ihrer Information, sollte Ihnen überraschenderweise doch noch so ein Wesen über den Weg laufen.

Wie Heiligenhaus zu seinem berühmten Namen gelangte

Als noch kein Mensch einen blassen Schimmer davon hatte, wie man zwischen Overath und Untereschbach eine neue Rasse züchten und ansiedeln könnte, rumorte es Tag und Nacht im Kopf eines supergescheiten Hirns aus dem Bergischen Land, bis diese Intelligenzbestie eine geniale Idee hatte und diese mit Genehmigung der zuständigen Obrigkeit als Patent anmelden wollte, falls sein Experiment glücken sollte.

Zunächst einmal wurden damals – in grauer Vorzeit – die wenigen, schon vorhandenen Bewohner, die damals noch nicht über einen aufrechten Gang verfügten, von den übrigen getrennt, denn für seine Versuche kamen nur gesunde, leistungsfähige und intelligente Menschen in Frage.

Dann zog man die Rothaarigen vor, denn sie gehörten damals schon zu den Auserwählten, weil ihr Haar aus Gold gesponnen war und die Borsten stabiler waren als die der übrigen Leute. Auch waren sie einfallreicher und erfinderischer. Während nämlich die Blondschöpfe und Schwarzhaarigen sich bückten, um einige Steine aufzulesen, die sie nach den hochfliegenden Spatzen warfen, um sie zu verjagen, die zuvor in ihren – für ihre Gärten so wichtigen Roßäpfeln herumpickten – flogen die Spatzen schon geistesgegenwärtig hoch weil sie wußten, daß die Rothaarigen ihre Taschen schon vorsorglich beizeiten, mit Steinen gefüllt hatten.

Leute mit Heiligenschein gab es auch damals schon. Den trugen sie zwar auf dem Kopf, doch er war unsichtbar. Ein Heiligenschein war auch keine Garantie für ein heiligmäßiges Leben. Deshalb mußten dabei auch hier strenge Kontrollen durchgeführt werden. Konnte aber einer nachweisen, daß er Wunder wirken konnte, gehörte er zu der Kategorie der Heiligen. Auch wenn er viele gute Werke getan hatte, ein Märtyrer war oder nach seinem Ableben dem bösen Nachbarn als Geist erschienen war. Bis jetzt war das Supergehirn mit seiner Testserie sehr zufrieden, denn die für würdig erachteten Personen waren in der Mehrheit. Inzwischen waren auch viele von auswärts zugezogen, so daß man bald in Erwägung ziehen konnte daran zu denken, die Kreuzung vorzunehmen. Zuvor aber mußten noch die „Häuslebauer“ auf ihren Schnelligkeitsgrad und den guten Geschmack überprüft werden, denn waren die schnellsten, fleißigsten, einfallsreichsten in der Mehrheit, stand ohne Zweifel schon ein weiterer Teil des Namens fest. Und so war es dann auch. Nun mußte noch nach einer anderen ebenbürtigen Rasse gesucht werden, die man dann in der Wiehler Grotte fand. Die Kreuzung gelang hervorragend. Um aber feststellen zu können, ob noch Nachkommen dieser überaus edlen Rassen vorhanden sind lohnt es sich, jeden einzelnen Bürger von Heiligenhaus näher in Augenschein zu nehmen.

Penelope auf der Reise mit dem Mondgesicht

In einer mondhellen Nacht, als Tausende von Sternen am Himmelszelt glitzerten, schaute das Mondgesicht durch die winzigen Butzenfenster eines Kinderzimmers, in dem ein kleines Mädchen – ihren Eisbären – im Arm, schon so viel geweint hatte, daß keine einzige Träne mehr übriggeblieben war. Am Abend zuvor gab es nämlich zwischen ihren Eltern einen fürchterlichen Streit und es ging darum, wo nun ihre kleine süße Penelope nach der Scheidung bleiben soll. Da sie aber beide Elternteile gleich gern hatte und sie sich gegen keinen von beiden entscheiden wollte, wünschte sie sich nichts sehnlicher, als daß ihre Eltern sich wieder versöhnen würden. Es war schon spät nach Mitternacht, als sie endlich etwas zur Ruhe kam, aber auch nur, weil ihr vor Müdigkeit die Augen für einen ganz kurzen Moment zugefallen waren. Selbst das Mondgesicht war so zu Tränen gerührt, daß es niesen mußte, was eine gewaltige Explosion auslöste, was zur Folge hatte, daß sich ein einziger gewaltiger Tränenstrom über die ganze Welt ausbreitete und dessen salziger Geschmack selbst die hartgesottensten Menschen traurig stimmte. Doch eine einzige dieser Tränen netzte das Gesicht dieses kleinen Mädchens und führte herbei, daß es endlich einschlafen konnte und alle, die in jener Nacht den Mond anschauten seltsam ergriffen waren, denn das Mondgesicht war verschwunden. Und jeder Mensch und jedes Tier, auf den ein solcher Tränentropfen gefallen war, schlief endlich ein.

Der Mann im Mond, der gar oft mürrisch dreinschaute, weil man ihn in diese Eiseskälte verfrachtet hatte, besaß aber ein gutes Herz und schwor sich, diesem armen Menschenkind einen Wunsch zu erfüllen, damit es sich endlich wieder richtig freuen konnte. So bat er alle Sterne, die Sonne und die Wolken zu einer Konferenz, wo sie beratschlagten, was sie wohl alle tun könnten, dieses Kind wieder aufzumuntern, damit es seinen Kummer vergessen konnte. Schließlich waren sie sich einig – viel schneller als sie erwartet hatten – eine riesengroße Wolke auszuwählen, die am dichtesten, zuverlässigsten und auf keinen Fall eine Gewitterwolke war, dieses so traurige Mädchen über die ganze Welt zu tragen, bis in den entferntesten Winkel der Erde.

Noch in der gleichen Nacht schnappte das Mondgesicht sich den Eisbären, der auf keinen Fall fehlen durfte, die Sternschnuppen trugen das in warme Decken und wasserdichte Kleidung gehüllte Mädchen, auf diese tragende Wolke, deren goldumsäumte Zacken verhinderten, daß es abstürzen konnte. Und überallhin begleitete das Mondgesicht sie, denn es freute sich, auch einmal eine Zeitlang nicht immer im Blickpunkt böser Menschen zu sein, von denen es oft auch nur höhnisch angeklotzt wurde. Und es ärgerte sich zudem sehr, weil man ihm vorwarf, Schuld daran zu haben, daß manche bei Vollmond auf die Dächer oder in Fahrstühle kletterten oder sonstigen Unsinn machten. Wurden diese Leute in Ruhe gelassen, passierte ihnen ja auch nichts. Und was konnte das Mondgesicht dafür, daß man es dort obenhin verfrachtet hatte und kugelrund war.

Nachdem nun alle Vorbereitungen getroffen waren, konnte die Fahrt beginnen. Los ging es über die bayrischen Alpen, auf dessen Höhen Enzian und Edelweiß ihre Köpfchen der Sonne entgegenstreckten, wo Almhirten ausgelassen mit der Heidi um die Wette rannten, wo Kühe friedlich grasten und ihr Glockengebimmel bis zu der Wolke drang. Und wo das Gras zu verdorren drohte, ließen sie ein feines Rinnsal Regen hernieder prasseln, damit die Erde sich wieder erneuern konnte und aufatmete. Schließlich gelangten sie an den zweitgrößten Kontinent, doch über dem Kilimandscharo mussten sie ganz gehörig aufpassen, damit sie nicht versehentlich an die Spitze des Berges stießen, und sich ein Riss in der Wolkendecke bilden konnte. Der kostbare Regen durfte doch nicht verschüttet werden, denn sicherlich kamen sie noch an Orte, wo er dringend gebraucht wurde. Giraffen, Affen, Löwen und Zebras glitten unter ihnen vorüber, Ströme wie Nil, Niger, Sambesi und Oranje zogen wie ein breites Band durch Täler und Ebenen. Reisfelder, Weizen, Zuckerrohr war angebaut, Erdölraffinerien, Eisenerzbergwerke glitten vorbei und wie ein Sturmwind waren sie über den unendlichen weitausgedehnten südamerikanischen Ländern, über den Eisen- und Kupferminen, den Hochgebirgsketten der Anden, wo Lamas Milch und Wolle lieferten. Was Penelope erlebte, war ein Geschenk, was einmalig war. Sie staunte über die Fjorde in Grönland, die vielen Robben und Seehunde und die Zwiebeltürme in Russland. Aus der Schule wusste Penelope, daß die Menschen in China Schlitzaugen haben und diese uns Langnasen nennen. Die Ströme Hwangho und Sikiang wurden überquert und ab ging es zu den Känguruhs in Australien und den Maoris, den Eingeborenen von Neuseeland.

Als Penelope über Nacht verschwunden war, kamen endlich die Eltern zur Besinnung. Sie klagten und jammerten, weil sie ja nicht wußten, wo ihre kleine Tochter abgeblieben war und auch in der Nachbarschaft wußte man nichts über ihren Verbleib. Seltsam war schon, daß auch das Mondgesicht nicht mehr zu sehen war, doch an einen Zusammenhang dachten die genervten Eltern nicht. Sie schworen sich in diesem Augenblick, alles erdenkliche zu tun, Penelope wiederzufinden und sollten sie Erfolg haben, wollten sie für alle Zeiten zusammenbleiben. Das war ein Schwur, den sie niemals mehr brechen würden.

Wie staunten sie nicht wenig, als sie eines Morgens – wie so oft – traurig das Zimmer ihres Kindes betraten, denn ihr süßes Mädchen lag schlafend in ihrem Bett. Seitdem lebten sie glücklich und zufrieden bis an ihr seliges Ende.

Die Hexe und die Aachener Printen

Im schönen Aachen lebte einst eine Hexe, die man Venefica nannte. Trafen die Erwachsenen sie in den Wäldern des Hohen Venns an, wo sie Heilkräuter und Brennholz sammelte, suchten diese immer schnellstens das Weite, denn sie war vor Häßlichkeit schön und ihre stechenden Augen verrieten nichts Gutes. So dachten sie jedenfalls. Und weil alle sie für eine bösartige widerliche Person hielten, der man am besten aus dem Weg ging, wurde sie auch überall geschnitten, wo sie auch auftauchte. Die braven Aachener, denen man absolut nichts Schlechtes nachsagen konnte und die zudem eine gemütliche Art an sich hatten, deshalb auch sehr bedächtig sprachen und deren Stimme wie Musik klang, hätten alles darum gegeben, sie loszuwerden. Nur die Kinder, die ja völlig unvoreingenommen waren, hatten Vertrauen zu ihr. Sie störten sich auch nicht an der dicken Warze auf der Nase, dem nachziehenden Bein und den abgetragenen Kleidern, denn Kinder sehen das mit anderen Augen. Im dunklen Tannenwald hatte sie ihr Hexenhäuschen, umrahmt von wildem Brombeergestrüpp und wucherndem Farn. Ihr Häuschen jedoch hatte eine gewisse Eigenart. Es war aus Bruchsteinen erbaut und das Besondere waren die Printen, die dem Haus rundherum ein gewisses Flair verliehen. Im Grunde genommen, war Venefica eine arme Frau, denn kein Aachener vermählte sich mit ihr, ja, die jungen Burschen verspotteten sie sogar zuweilen. Doch für ihre Hässlichkeit und Armut konnte sie nun absolut nichts, auch nichts dafür, daß sie eine Hexe war und das stimmte sie sehr traurig. Aber sie allein hatte das Rezept für die sich an ihrem Haus befindlichen Printen, und dieses verschloß sie sorgfältig in einem Kästchen. Ein überaus eifriger und hochstrebender Bäckerlehrling, der seinem Herrn mit einer besonderen Spezialität aufwarten wollte, schlich sich in das Vertrauen der Hexe ein, die ja vom Lande war und daher sehr vertauensselig, wenn man ihr ein paar liebe Worte sagte. Daher bekam er auch Zugang in ihr Häuschen, den sie ansonsten niemandem gewährte. Er suchte und suchte, während Venefica schlief und fand schließlich das Kästchen, womit er noch in der Nacht verschwand. Der scheinbar gerissene Lehrjunge stieg zum Meister auf, doch er fiel tief, als herauskam, daß es sich hier nicht um die echten Aachener Printen gehandelt hatten. Der echte Erfinder der Aachener Printen jedoch erlangte weltweiten Ruhm und das hat sich bis auf den heutigen Tag nicht geändert.

Der Berggeist in Prüm

In dem schönen Eifelstädtchen Prüm lebte in grauer Vorzeit ein Berggeist, der sich aber nur selten inmitten der Stadt aufhielt, denn er hatte sein Domizil auf dem Kalvarienberg aufgeschlagen. Ihm sagte man nach, daß er einmal einen Werwolf bezwungen habe. In verschiedenen Teilen der Eifel war ein solcher oftmals angetroffen worden und es war nur zu verständlich, daß auch die zartbesaiteten und etwas ängstlichen Prümer eine Heidenangst vor diesen blutrünstigen und reißenden Bestien hatten, denn glaubte man, einem harmlosen Menschen zu begegnen, konnte man nicht wissen, ob man es nicht mit einem Werwolf zu tun hatte, der sich binnen weniger Minuten verwandeln konnte. Wer einmal von einem solchen gebissen worden war, hatte zeitlebens klaffende Wunden. Vor allem am Hals und überhaupt im oberen Bereich des Körpers. Es gab aber auch Prümer die der Meinung waren, man sollte nur das glauben was man sieht und nicht das, was man hört. Diese Meinung vertrat man aber auch nur bis zu dem Augenblick, als einer von ihnen Zeuge der Verwandlung eines Menschen, in einen Werwolf wurde. Zunächst wurde dieser sehr nervös und unruhig, danach veränderte sich der Mund in ein aufgerissenes Maul mit gefletschten Zähnen die hervorstanden und zahlreiche Lücken aufwiesen, aus denen der Speichel tropfte. Die Haare wurden zu Borsten und hingen wirr herunter und die Füße veränderten sich zu Tatzen, mit denen er riesengroße Sprünge machte, denn ihm waren ja übernatürliche Kräfte verliehen.

Nur wie durch ein Wunder war ein Mann diesem Individuum entronnen und das auch nur, weil der Berggeist, der ebenfalls über unheimliche Gewalt und Bärenkräfte verfügte, zudem geheime Formeln kannte, ihn mit einer Keule erschlug. Das tat er nicht gerne, doch in dieser Situation blieb ihm keine andere Wahl. Noch während dieser zu Boden ging, glichen dessen Züge wieder denen eines sterblichen Menschen. So konnte man ihn denn auch nach seinem Ableben beerdigen, wie es allgemein Sitte und Brauch war. Doch keiner der Anwesenden hätte diesem, nach außen hin braven Menschen zugetraut, ein Werwolf gewesen zu sein.

Nun, da ein solcher in Prüm aufgetaucht war, nahm man die ganze Bevölkerung scharf aufs Korn. Doch die Prümer, von jeher als rechtschaffene Menschen bekannt – die zwar auch ihre kleinen Schwächen und Mucken hatten wie überall – und hin und wieder allerkleinste Frevel begingen, die aber eigentlich nicht der Rede wert waren, weil sie keinen nennenswerten Schaden anrichteten, wurden trotzdem scharf durchleuchtet. Der Berggeist, hoch oben auf dem Kalvarienberg, hatte gewisse äußere Merkmale. Das besondere an ihm war seine lange wallende Mähne, der weiße Bart, der ihm bis zur Brust reichte, dichte buschige Augenbrauen, die seine kleinen Schweinsäuglein keck erscheinen ließen und eine rot – bis violette Stupsnase. Das kam aber nicht vom Alkoholtrinken, denn er war Abstinenzler. Er war ein liebenswerter, gemütlicher Geist, der seine Prümer über alles liebte und sie vor allem Unheil beschützen wollte. Das tat er aber auch nur, weil sie eine solche schöne Basilika erbaut hatten und gläubig waren.

Doch auch das irdische Leben eines Berggeistes ist begrenzt, doch sein Geist wacht auch heute noch nach Tausenden von Jahren, bis in alle Zeiten, über seiner geliebten Stadt.

Der Winter neigte sich dem Ende zu und dem Opa kribbelte es in den Fingern, denn er wollte wieder Stadtluft atmen. Wollte wieder an seinem Stammtisch erscheinen und Skat klopfen, wie in alten Zeiten, auch hatten sie nur noch wenige Geschichten auf Lager, die man ja auf einen späteren Zeitpunkt verschieben konnte. Auch hatten sie langsam das Gefühl, es sei wieder Zeit zu verschwinden. Das taten sie dann auch und Carmen und Thilo dachten, daß in der guten und alten Zeit auch nicht alles so rosig und gut gewesen war. Die Großeltern brauchten gar nicht so anzugeben, sollten besser ehrlich bleiben, statt dessen stellten sie vieles so hin, als hätte es damals nur die heile Welt gegeben. Als die jung waren, haben sie bestimmt auch sinnlos den Blumen die Köpfe abgerissen, oder den Zweigen und Sträuchern und sie dann achtlos in ihrem Übermut weggeworfen. Da hatte es auch schön böse Jungen gegeben, welche die Eier der Vögel aus den Nestern warfen, Zaunpfähle absägten, damit die Kühe der Nachbarn weglaufen konnten. Manche waren sogar so böse, daß sie den Fliegen die Flügel ausgerissen hatten. Auch verspotteten sie oft arme alte Leute und vieles mehr, wie uns die Eltern erzählten.

Doch darüber wollen die Großeltern bei ihrem nächsten Besuch berichten.

Taschenbuch, 125 S., 43 Abb., **EUR 9,50**

Aus dem Inhalt: Dort, wo meine Wiege stand • Haas Julchen, der Osterhase und das Lehrpersonal • Schadstoffe in der Landwirtschaft und die armen Kitze • Der Ruf des Käuzchens und die Konfrontation mit dem Tod • Die Genossen und ihre Helfershelfer, Kinderstreiche und der lustige Onkel • Aufsatz-schreiben, das Weihnachtsbäumchen und Sonstiges • Die harten Winter, fleißige Hände und der Forstbedienstete • Meines Vater Bienen, die süßen Kätzchen und der Totenschädel • Handwerksburschen, der Bärtige und das wogende Kornfeld • Der Hausanstrich und die damit verbundene Tradition • Die mir unvergessene Oma und ihr schweres Leben • Der kräftige Schlehenwein, Obsternte und Wintervorräte • Kräftiges Roggenbrot, Tierfütterung und der für Freier so wichtige Misthaufen • Buchweizen, Flachs und Sonstiges • Alte Sitten und Gebräuche, Schlachtungen und Rezepte • Eifeler Ausflugsziele, Naturschauspiele • Haben unsere Kinder noch eine Zukunft ohne Leitbilder? Stirbt die Kirche? • Wo sind unsere Verantwortlichen? Ist der Islam eine Gefahr? • Was ist faul an unserem „Nochwohlstandsland“?

Regionalliteratur im Helios-Verlag (Auswahl)

Lange: Küche, Kinder, Kirche - Aus dem Leben der Frauen in der Eifel, EUR 20,35
Lange: Alt-Eifeler Küche Band I Kochen, EUR 20,35
Lange: Die Jahreszeiten - Eine literarische Reise durch die Eifel, EUR 10,12
Schröder: Brauchtumslandschaft Eifel Band I - Bräuche und Feste im Jahreskreis, EUR 20,35
Schröder: Brauchtumslandschaft Eifel Band II - Feiern, Feste und Bräuche in Haus und Familie, EUR 20,35
Schröder: Brauchtumslandschaft Eifel Band III - Volksfrömmigkeit früher und heute, EUR 20,35
Wagner: Geister, Grafen und Ganoven - Sagen, Legenden aus dem Moselland, EUR 16,36
Ferber: Vulkaneifelheimat - Bilder aus dem Kreis Daun von 1900-1950, EUR 24,54
Ferber: De Pann opp de Desch - Anekdoten aus der Vulkaneifel, EUR 16,62
Klein: Sagen und Legenden von der Ahr bis zur Mosel, EUR 20,35
Krammer: Hornissen im Winter - Erinnerungen einer Eiflerin, EUR 11,–
Krammer: Glühwürmchen in der Nacht - Erinnerungen, EUR 9,50
Hermanns: Verse, die mein Leben schrieb, EUR 12,68
Bürger: Henker, Schinder und Ganoven - Unbekannte Kriminalfälle aus der Eifel des 18. Jahrhunderts, EUR 20,35
Bürger: Henker, Schinder und Ganoven Teil II - Neuigkeiten zur Kriminalgeschichte der Eifel des 18. und 19. Jahrhunderts, EUR 20,35
Bürger: Die Guillotine im Schatten des Domes - Zur Kriminalgeschichte Köln in der Franzosenzeit (1794-1814), EUR 22,–
Thoma: Hart und herzlich - Dorfgeschichten aus der Eifel, EUR 13,70
Thoma: Ich möchte Dir was sagen - Menschen und Landschaften der Eifel - Gedankenvolle Texte mit begleitenden Fotos, EUR 10,12
Thoma: Mal knüppelhart, mal butterweich - Szenen aus dem Dorfleben der Eifel, EUR 13,70
Dichter: Tausend Jahre überlebt! Erinnerungen aus einer Kindheit und Jugendzeit in der Eifel, EUR 20,35
Pracht: Abschied von der Heimat - Die Eifeler Auswanderung nach Amerika im 19. Jahrhundert, EUR 24,54
Schiffer: Hart und kalt sind ihre Felder - Geschichte und Volkskunde in der Nordeifel, EUR 20,35
Schmitz: Damals in der Eifel - Wiederentdeckte Eifelfotos von Fredy Lange, EUR 24,54
Hammes: Das Haus des Pfarrers in der Vulkaneifel - Der Blick hinter die Fassade führt uns auf eine unglaubliche Entdeckungsreise, EUR 13,70
Schmitt: Gedankenverlorenes (Gedichtband), EUR 7,50
Lange: Eifeler Küche - Mit Kindern kochen, backen und erzählen, EUR 19,43
Lange: „Die Eifel hat ihresgleichen nicht ...“ - Sammlung von historischen Texten und Bildern, EUR 12,68
